TERESA D'ÁVILA

Deonísio da Silva

TERESA D'ÁVILA

MINOTAURO

TERESA D'ÁVILA

AUTOR: Deonísio da Silva
DIRETOR ALMEDINA BRASIL: Rodrigo Mentz
EDITOR DE CIÊNCIAS SOCIAIS E HUMANAS: Marco Pace
ASSISTENTES EDITORIAIS: Isabela Leite e Marília Bellio
REVISÃO: Horácio Dib
DIAGRAMAÇÃO: Almedina
DESIGN DE CAPA: Arlinda Volpato
ISBN: 9786587017105

Outubro, 2020

Dados Internacionais de Catalogação na Publicação (CIP)
(Câmara Brasileira do Livro, SP, Brasil)

Silva, Deonísio da
Teresa d'Ávila / Deonísio da Silva. – 1. ed.
São Paulo: Minotauro, 2020.

ISBN 978-65-87017-10-5

1. Teresa, d'Avila, Santa, 1515-1582 2. Vida cristã
3. Vida espiritual – Igreja Católica
I. Título.

20-42142 CDD-248.4

Índices para catálogo sistemático:

1. Santas: Igreja Católica: Vida espiritual: Cristianismo 248.4

Maria Alice Ferreira – Bibliotecária – CRB-8/7964

Este livro segue as regras do novo Acordo Ortográfico da Língua Portuguesa (1990).

EDITORA: Almedina Brasil
Rua José Maria Lisboa, 860, Conj. 131 e 132, Jardim Paulista | 01423-001 São Paulo | Brasil
editora@almedina.com.br
www.almedina.com.br

EPÍGRAFE

As epígrafes sem indicação de autoria foram extraídas do Livro da vida, de Teresa d'Ávila.

"Quando escrevo, vejo claramente que não sou eu quem o diz, nem o ordeno com o entendimento, nem sei depois como acertei dizê-lo."

CARTA À MINHA TERESA D'ÁVILA

Rio de Janeiro, Inverno de 2020

Querida Teresa,

O Senhor sabe, mas tu e eu não sabemos o que me fez um dia te encontrar em famosa exposição sobre roupas, calçados e outros objetos de teu uso pessoal na Catedral de Ávila, na Espanha, na primeira metade dos anos 1990, depois de ter lido tuas obras completas, alguns dos livros muitas vezes.

O Palácio de Valderrábanos ali pertinho me acolheu. Enquanto eu me registrava nesse hotel, um casal cantarolava uma canção que eu conhecia e que há tempos não ouvia: *"Parfois je pense à toi, Joseph/ Mon pauvre ami, lorsque l'on rit/De toi qui n'avais demandé/Qu'à vivre heureux avec Marie"* (Me lembro às vezes de você/Meu bom José, meu pobre amigo/Que desta vida só queria/Ser feliz com sua Maria). Reconheci de imediato a canção, deixei a ficha no balcão e fui cumprimentar a dupla: era o próprio autor, Georges Moustaki, e sua amada, que cantarolavam a célebre canção que Nara Leão e Rita Lee já tinham gravado no Brasil.

Eu era professor na Universidade Federal de São Carlos (SP) e tinha pouco tempo para escrever naquele campus de concentração, onde um novo estamento administrativo dominava então a Universidade e era proibida a entrada a Dom Quixote; somente era aceita a de Sancho Pança. Sou apaixonado por ti desde a adolescência, desde quando te lia e via em vitrais, imagens e pôsteres. Também recebi um cartão postal de Antônio Callado reproduzindo a bela e pequena estátua de teu êxtase e ele me perguntava no verso se eu ia, enfim, escrever o romance sobre ti, depois Callado e eu nos encontramos no Brasil Meridional e trocamos uma palavrinha sobre o modo como tu apareces num relâmpago em Quarup.

Este romance não estava ainda concluído quando a Biblioteca Nacional o premiou com uma bolsa de estudos que me permitiu concluí-lo. E não estava publicado ainda quando foi levado ao palco e ao vídeo pelos atores Ângela Sassine e Cacá Amaral, que desfizeram seus respectivos casamentos quando a peça estava em exibição há algum tempo, tendo então sido desfeita, pois Petrônio Gontijo ficou sozinho. Aquele desfazimento apressou a morte de José Nélson de Oliveira, o diretor, que precisava esconder a doença que o acometera, mas que eu já intuíra nas orientações para deixar mais crus certos diálogos sobre o sangue impuro.

Quando um dia cheguei com diálogos que diziam que "o pai de Teresa nega o sangue impuro que tem, porque tem, sabemos que tem" e que "para descobrir a América, precisamos antes expulsar a imundície muçulmana", ele abriu um grande sorriso e me disse: "Deonísio, agora sim, você acertou o pronto central, que não é o da santidade de Teresa nem de sua castidade, é este". Ele nunca me chamou de "Dionísio", como soa meu nome, sempre "Deonísio", orientado por Ângela Sassine.

Teresa D'Ávila brotou de mim na forma com que foi concebido por um menino que adolescia com o rosto cheio de espinhas, de complicado coração, como o é o de todos os meninos e meninas, os sentimentos desarrumados. Para escrevê-lo, muitas alunas foram "Teresas" na minha imaginação, namoradas que eu pensara eternas, meninos que semelhavam seminaristas, padres ou frades, tudo passou. Por que não foram também as colegas? Porque não as tive na adolescência, uma vez que minha mãe teve vocação para eu ser padre e eu fui estudar primeiro na Casa Paroquial, depois no Seminário de Tubarão, depois no Instituto Teológico de Curitiba, no primeiro ano dos anos 70, depois na Universidade de Ijuí, entre padres e ex-padres capuchinhos gaúchos, e só vim a ter colegas meninas nessas duas últimas instituições. A vida civil demorou a estrear em mim, eclesiástico de formação.

Teresa D'Ávila teve seu resumo e primeiros capítulos traduzidos para o inglês e para o alemão. Em espanhol, também. Este texto, sobretudo os diálogos, são como certos textos em iídiche ou hebraico: só mostram seu esplendor no original. Todo o resto são aproximações. Este é um romance para ser lido em português, embora a personagem solar seja espanhola. O primeiro editor deste romance, Pedro Paulo de

Sena Madureira, leu o original em voz alta na minha frente, ao lado de Lígia Siciliano Novazzi.

Volta de novo, agora, ao público, pelo Grupo Almedina, depois de ter percorrido os caminhos das editoras do Grupo Siciliano e da Girafa nos anos 90 e 2000. Que seja bem-vindo outra vez, tantos anos depois, que mais gente possa ler e quem sabe surjam outras Ângela Sassine e Vicente de la Torre com igual energia para começar de novo. Porque sempre é necessário começar de novo, sempre valerá a pena recomeçar.

Pois é, Teresa, *nada te turbe, nada te espante, todo se passa, Dios no se muda, la paciencia todo lo alcanza, quien a Dios tiene, nada le falta, solo Dios basta* (Nada te turbe, nada te espante, tudo passa, Deus não muda, a paciência tudo alcança, quem a Deus tem, nada lhe falta, só Deus basta). Doutora da Igreja e padroeira dos professores, minha companheira de ofício, que morreu inédita porque queriam te calar e hoje é tão lida quanto os maiores best-sellers.

Como sempre, me despeço, não a teus pés, mas abraçado ao teu amor. Espero que você e os leitores relevem o tom desabrido das paixões que acometeram a todos nós e que este romance não quis esconder.

SUMÁRIO

PARTE III
OS FILHOS DOS HOMENS

PARTE I

O NOME DOS MENINOS É LEGIÃO

"Aconteceu-me com algum confessor mostrar agrado, pois sempre quero muito aos que governam minha alma. Eles, como temerosos e servos de Deus, temiam que me apegasse de algum modo e me prendesse em lhes querer – embora santamente – e mostravam-me desagrado."

1

O CHEIRINHO BOM DA PRIMEIRA PROFESSORA

> "Penso que seria para ir até ao mais baixo, como eu ia, se a misericórdia do Senhor não me tivesse feito voltar."

"Lá nas fraldas gentis do cruzeiro, num ranchinho de palhas nasci, bem pertinho de um lindo coqueiro, os primeiros amores senti." Eu ia cantando esses versos pela estrada afora. Meu pai ia um pouco adiante e de vez em quando me apressava: "Anda, meu filho! Não se pode chegar atrasado, justo no primeiro dia!", mas me olhava com certa preocupação. Minha mãe lhe dissera que eu pensava e dizia certas coisas que não combinavam com aqueles meus verdes anos. "O menino diz, você sabe que não combina com a idade que tem, mas como é que você sabe o que ele pensa?"

Era assim, meu pai: sempre atento à conversa dos outros, especialmente da sua mulher, minucioso nas observações, apaixonado por detalhes. Perdoava tudo nas filhas, mas era rigoroso comigo. "Está chorando por quê?" "Porque está doendo. A mãe me deu um tapa. Minha irmã também está chorando e para ela o senhor não diz nada." "Você é homem. Homem não chora." Eu então parava de chorar e gostava muito de ser comparado ao homem que ele era. Porque, se ser homem fosse ser parecido com ele, então era bom ser homem logo.

Mas por enquanto eu era apenas um menino e meu pai me observava naquela estação da vida aonde tínhamos chegado juntos. Ele, sufocando dentro de si o menino antigo que se projetava no filho. Eu, fazendo de tudo para que o menino cedesse logo e dele brotasse enfim o homem que meu pai queria que eu fosse. Ele me achava estranho porque no fundo precisava acreditar nos relatos da minha mãe. Com um dos meus tios, comentara que eu estava saindo um menino muito esquisito. Ao conversar, pois, com seu irmão, repetia sua mulher, em busca talvez de que o irmão e não ele a contrariasse. "Bom", dissera calmamente tio João, "você há de lembrar-se que falamos e fizemos muita bobagem nos tempos de menino." Desses comentários, porém, somente vim a saber em outra estação quando, morto meu pai, uma tia me falou algumas coisas cobertas de muitos segredos, entre os quais estava a de que talvez eu fosse filho de meu tio e não de meu pai. Eram dois homens que minha mãe amava muito. E no dia dessas revelações, minha tia aproveitou para algumas reflexões: "O amor é complicado. Para as mulheres, é mais complicado do que para os homens. Você conhece a vida de Santa Teresa?". "Santa Teresinha, a senhora quer dizer?" "Não, eu quero dizer o que eu disse: Santa Teresa."

Tia Vina era assim: sempre me surpreendia e por isso eu gostava de conversar com ela. E como de sua boca me vieram os melhores prazeres, nas palavras e em tudo que depois entre nós aconteceu, eu gostava de prestar atenção àquela tia. Quando estava fazendo um prato gostoso, dizia com doçura: "Para fazer esta polenta, a gente ferve primeiro a água, joga a farinha de milho com cuidado sobre a água quente e depois vai mexendo devagarinho, assim. Mas tudo deve ser feito com o coração esvaziado de pressa e de sentimentos que não sejam de prazer. A polenta é mais gostosa quando acompanhada de queijo e salada de verdes misturada com pedacinhos de toucinho frito.".

E enquanto mexia o pau da polenta dentro daquela água que aos poucos ia ficando pastosa pela mistura da farinha de milho, ia também rebolando seu corpo carnudo e me contando vidas de santos. "Santa Teresa, tia? Então não é Santa Teresinha?" "Não, essa é do Menino Jesus. A outra já se apaixonou quando ele era grandinho. Uma era francesa. A outra, espanhola. Uma era do Menino Jesus, de quem era muito devota. Era muito rica. Tratou das coisas diretamente com o filho do homem. E quando foi recebida pelo papa, que jamais recebera antes uma mulher, o papa lhe perguntou: 'O que você quer, minha filha?' e a santa respondeu: 'Tudo, Santo Padre'. A outra, não. Não teve tais intimidades com autoridade nenhuma. Antes, sofreu muito nas mãos de homens que não a entendiam. Alguns se esforçaram. Nenhum a entendeu. E a Teresa de que lhe falo tornou-se conhecida pelo nome da cidade em que nasceu, pelos amores que teve com dois homens.

Você quer saber da história?" De minha tia eu queria saber tudo. E não precisei falar aquela vez, como em tantas outras. Ela leu no meu olhar, na postura de meu corpo, na estátua em que eu me transformava quando ela falava. "Santa Teresa queria viver diferente de todo o mundo, mas principalmente não queria repetir sua mãe e suas tias. Como na vida de todos o mais importante é o amor, embora poucos percebam esta verdade fatal de nossa existência, ela foi para um convento para ficar separada do mundo e procurou o amor que nem todos queriam. Encontrou em São João da Cruz e em Jesus Crucificado. Meu Deus, toda mulher tem sua cruz para carregar. Todas as que carregam uma vivem se queixando de tudo. Ela carregou três e foi muito feliz!" "Três, tia? Mas não eram duas?" "Você é muito menino ainda e nem sabe fazer contas. Três, sim senhor. Você esqueceu aquela que ela já carregava quando encontrou João e Jesus, seus dois grandes amores?"

Parava um pouco de mexer o pau da polenta e aquela massa ia estourando aos poucos, fazendo aflorar um calor interior, como um vulcão que estivesse começando a abrir caminho para lavas, pedras quentes derretidas, um mar de fogo. Mas, diferente da polenta, talvez minha tia precisasse viver sufocada, escondendo seu passado que todos condenavam. Por isso, em sua pele morena afloravam pequenas gotas de suor e a parte de cima do vestido grudava em seu corpo, fazendo contornos umedecidos nos seios que ela, às vezes, soltando aquele pau, ajeitava com suas grandes mãos. "Foi um padre que me ensinou sobre esta santa, mas eu não posso dizer nem onde, nem quando, nem por quê. E vê se não fala pra sua mãe dessas coisas que eu falo a você." A recomendação era dispensável. Nós dois éramos cheios de segredos e gostávamos de saborear o doce prazer de um saber do outro tantas coisas, sem que ninguém soubesse que entre nós havia aquele conhecimento. Pois vivíamos num tempo e num lugar em que tudo parecia que devia ser proclamado, sendo os vizinhos os primeiros a saber, naturalmente. "A Teresa, ela gostava de rosas. Até a estátua dela tem um cheirinho bom. Mulher pode se descuidar de quase tudo. Nunca de ser cheirosinha, usar um perfume que combine com ela. Pois o bom Deus pode ter esquecido de afiar alguns sentidos em muitos homens, como o ouvido, por exemplo – já notou que poucos homens prestam atenção ao que diz uma mulher? –, mas para todos eles deu o sentido de cheirar e eles vivem metendo o nariz onde não foram chamados.

Está gostando do cheiro da polenta? Espalha-se no ar um cheirinho quente tão bom!" E minha tia aspirava o ambiente demorando-se depois em outros comentários: "Você se lavou outra vez com sabonete de eucalipto. Vou comprar outro sabonete para você!"

Depois dessas explicações, eu voltava para a cadeira e ficava olhando a bunda de minha tia mais querida. O vestido balouçava para lá e para cá, apertado na cintura, os cabelos derramados sobre os ombros e as costas, as panturrilhas bem desenhadas, partes do corpo que poucas mulheres tinham bonitas. A barriga da perna! Nome tão bonito! E quando ela se virava para mim, segurando com uma das mãos aquele pau e a outra dobrada na cintura, eu sentia que uma grande felicidade podia acontecer a qualquer hora se estivesse perto daquela minha tia, tão diferente de minha mãe.

Ah, minha mãe! Como era difícil entendê-la naqueles anos! Tinha me dado a vida, o leite, as primeiras falas, alguns de meus primeiros passos e muitos tropeços, mas parecia lutar contra seu filho todos os dias. Vivíamos uma guerra doméstica em que ela achava que me derrotava todos os dias. Naquele tempo eu achava isso também. Hoje sei que ela me treinava para perder, para ser fraco, para ser dobrado, para dizer sim. Não fosse a doce, mas firme resistência de meu pai, talvez eu me transformasse num "maricas", num "sem-vontade", num "zé-mole", num "João-vai-com-os-outros".

Aquela guerra, como todas as guerras, deixou um mundo em ruínas e dele emergiu, muito tempo depois, um menino para contar sua história. Mas quem me deu o fio da meada para recomeçar foi minha tia Vina, por causa, não das palavras que me dizia e com as quais usualmente me comovia, mas do jeito de olhar as coisas de modo todo original, que eu somente via nela, e principalmente por gestos surpreendentes, como o de cantar no trabalho lindas canções, todas elas de amor, embora o sexo, que começava a ser uma obsessão para mim, não aparecesse em seus cantos amorosos. Mais tarde, Fernando Pessoa me ensinaria as razões profundas daqueles gestos: "O amor é que é essencial./O sexo é acidente./Pode ser igual/ou diferente./O homem não é um animal:/É uma carne inteligente,/embora às vezes doente".

Meu pai quase não via os filhos a semana inteira. Via-os somente nos fins de semana. Quem cuidava de nós todos era mamãe. E quando ele chegava, à noite, ela fazia um pequeno relatório, pondo em relevo os problemas que lhe tínhamos dado no correr do dia. "A gurizada fez muita arte hoje?" A pobre mulher desfiava um rosário de queixas. "Eu não aguento mais essas crianças. Só me dão dor de cabeça."

O bom de você narrar é que pode dispensar os documentos, que em geral nada dizem a respeito das verdadeiras dores e das mais profundas alegrias. Não há vestígio de minha mãe no meu principal documento, aquele que dá conta de minha estreia no mundo, aquele em que diz que um sujeito nascido de um homem e de uma mulher é o menino fulano de tal. Nesse "de tal" não aparece o sobrenome de minha mãe. E caso aparecesse, não seria o dela nem o de sua mãe, mas o de seu pai. A certidão de nascimento no Brasil ostenta, no mais das vezes, um terrível desprezo a quem nos deu a vida. Seu nome não aparece em nosso nome. E, no entanto, era minha mãe que estava comigo, não meu pai. E mesmo que os documentos fossem modificados, onde entraria minha tia Vina?

Agora, porém, era meu pai que estava comigo. Ia me levar à escola pela primeira vez. Nosso diálogo podia ser em palavras, mas também em silêncios, troca de olhares. Mamãe também trocava olhares comigo. Mas quase sempre para me repreender. Papai, não. Às vezes esticava um olhar comprido para um de nós e ficava absorto por longo tempo, pensando em coisas cheias de todos os mistérios do mundo, a julgar pelo tempo que demorava. Enquanto eu cantarolava os versinhos, agora, por exemplo, ele ia caminhando mais à frente, sem parecer prestar atenção ao que eu cantava.

De repente, porém, me perguntou: "Onde o meu filho aprendeu essa cantiga tão bonita?" "A mãe que sempre canta." "Sua mãe? Ela canta isso?" "Canta. A mãe sempre está cantando quando o senhor não está em casa." "Ela sempre foi de muito cantar. Quando a gente namorava, antes de chegar à casa dela eu já ia ouvindo, de longe, a cantoria da sua mãe. Foi sempre moça muito alegre."

Comecei a ver a escola ao longe. Havia um gramado grande à frente. Duas traves, a tonsura no meio do campo, ali se podia jogar futebol. Atrás erguiam-se muitos eucaliptos. Entre a escola e a igreja havia apenas uma rua. Em frente à igreja, outro gramado. Na rua ao lado, a farmácia. Em frente à farmácia, uma enorme figueira. Ali, num dos galhos, era enforcado um homem todos os anos, na semana santa, mas somente depois de muito malhado. Ao lado da figueira, o café, muito frequentado por todos. Os homens iam lá jogar sinuca, as moças, tomar refrigerantes e namorar, como os rapazes. Nós, crianças, íamos lá tomar sorvetes. As outras mulheres, como nossa mãe, tia Vina e nossa avó, apenas passavam em frente quando iam ao açougue ou ao armazém.

Senti o cheiro dos eucaliptos.

Cheguei à escola sabendo ler e escrever algumas coisas. Meu pai tinha me ensinado em rótulos de garrafas e cartazes nas ruas. Que perfume tão bom o das professoras! Dona Renata, flor de pessoa, foi quem me abraçou pela primeira vez para me ensinar. Ai que cheirinho tão gostoso tinha aquela mestra!

Um dia estava ensinando os números e eu errei, de propósito, o número cinco, para que ela me abraçasse outra vez. Dona Renata, que exalava como um jardim ao anoitecer, chegou à minha carteira naquele começo de dia, me abraçou e desenhou um cinco muito bonito no meu caderno.

Ah, eu me apaixonei por minha professora de perfume tão instigante. Se algum préstimo teve minha vida intelectual até hoje, isso se deve ao cheirinho delicioso daquela normalista que nos ensinava com tanto amor. Talvez ela também sentisse um secreto prazer em nos abraçar. Roçava os seios nos meninos com certo descuido. As meninas, ela as abraçava de um modo mais cuidadoso.

Todas as antigas professoras sofriam de solidão. Eram pessoas meio abandonadas pela vida. Engordavam muito depressa depois de casarem. Logo estavam todas de óculos, coques e pelancas. Muito autoritárias, eram também ranzinzas e reclamavam de meio mundo, principalmente dos alunos. Pareciam exercer a contragosto a profissão. Mestras violentíssimas, davam palmadas, puxões de orelha, tabefes e até arranhavam um ou outro aluno com suas unhas escamosas. O estudo era um sofrimento para meninos e meninas.

Cheguei àquela escola já morto de medo. A fama das professoras corria todo o mundo conhecido que, para nós, ia da boca da serra até a beira do rio. Mas, para minha alegre surpresa, eu pertencia à safra das crianças que começavam com as normalistas, que então haviam chegado à cidade com a melhor das famas: eram bonitas, bem vestidas, falavam bem e conversavam com os homens. Nem mesmo os mais afoitos tinham o topete de mexer com aquelas moças. Cumprimentavam a todos com a maior das cortesias.

Dona Renata passava em frente à barbearia do Barduíno e cumprimentava o barbeiro lá da calçada com sua voz de mel, cujas nascentes eram lábios cheios de batom, outra novidade que ela e suas colegas traziam, além das saias justíssimas, os sapatos de salto alto e as blusas rendadas: "Bom dia, seu Barduíno. Muito cabelo para hoje?". Seu Barduíno era careca, mas sabia que a professora não estava se referindo ao cabelo dele, mas ao dos outros, que ele iria cortar.

Quase sempre o barbeiro respondia que estava esperando uns meninos. Esses chegavam com as mães. E cortar o cabelo deles era uma tarefa penosa para seu Barduíno. Acompanhados das mães, quase sempre histéricas, os meninos não ficavam quietos na cadeira e corriam sérios riscos de perder as orelhas com algumas tesouradas, não fosse a comovente atenção que o barbeiro dedicava a seu ofício.

Depois desses cortes infanticidas, que semeavam carreiras da máquina por todo o couro cabeludo, seu Barduíno gostava de filosofar: "Os pais é que deveriam criar os meninos! Mulheres não querem entender nada. Só sabem gritar!".

Ah! Mas o barbeiro mudou de opinião com a chegada das normalistas. As antigas professoras passaram a olhá-las com despeito, inveja. Muito fofoqueira, dona Alda foi quem começou a intriga de que dona Renata era namorada de um homem casado. Só poderia ser calúnia, como todos asseguravam. As próprias mães dos alunos ponderavam: "É porque a coitadinha é muito dada com todos. Elas todas são assim. Conversam com todo mundo, cumprimentam até os bêbados!". E dona Renata pôde continuar seu romance com um homem casado, se fosse verdade, ou tomar mais cuidado, ou nem ligar, se fosse realmente calúnia.

Ao contrário das antigas professoras, sempre imersas numa grande solidão caseira, que era interrompida apenas pelas aulas, que, entretanto, pareciam detestar, as normalistas não sofriam de nenhuma solidão. Se as antigas professoras eram quase todas solteironas, as normalistas casavam todas muito novinhas, cheias de toda brancura: nas roupas, na pele. E quase todas chegavam virgens ao altar. "Ao altar e à cama" proclamava seu Barduíno, que era meio desbocado. "Porque se aguentaram até a hora do casamento na igreja, devem esperar até ir dormir e não fazer como a Leila que..."

A história de Leila era comovente. Moça muito reprimida, jurou à própria mãe que não se casaria virgem. A mãe não se importou.

Sustentou diante do marido que garantiria a virtude da filha. Leila casou-se de véu e grinalda, mas pouco depois da cerimônia, ali à beira do altar ainda, alegou que precisava ir ao banheiro. O mais próximo era o da sacristia. Soube-se que entre o momento que marcou o fim da cerimônia e a saída da igreja, Leila encontrou-se com padre Mazinho na sacristia, subiram para o coro e lá fizeram o que não se devia fazer. Leila desceu muito vermelha, com o rosto em brasa, segundo a empregada da casa canônica, Cantalícia das Almas, que espalhou a versão muitos anos mais tarde, depois de haver sido despedida por Padre Mazinho, quando aproveitou para contar também que seus ofícios não se limitavam a cozinhar e lavar para o pároco. Pelo sim, pelo não, Padre Mazinho foi transferido para outra paróquia. E ficou a lenda de Leila. O marido soube dessa história, mas nunca se importou. Meses depois de casado, vivia bêbado pela cidade. Leila teve filhos gêmeos, os dois meio lesos, depois foi embora e nunca mais se soube dela. Ficara, porém, a sua fama. E todos diziam que filho natural, ao contrário dos legítimos, saía a cara do pai para não deixar dúvida nenhuma sobre o pecado cometido.

Os anos da escola primária, com professoras tão agradáveis, passaram rapidamente. Quatro anos depois de ter começado a prestar atenção ao cheirinho bom das professoras, vesti a minha primeira calça comprida e, outra vez conduzido por meu pai, fui levado ao seminário.

Era um prédio imenso, onde albergavam meninos que queriam ser padres, ou cujos pais queriam por eles, e outros, que estavam ali apenas para estudar. O grande educandário era, pois, dividido em internato e externato. Os padres sabiam que podiam ocorrer migrações de uma ala para outra. Ora eram meninos do internato que, descobrindo outra vocação, passavam para o externato; ora eram alguns do externato que, desejosos de serem padres, passavam para o internato. Esses últimos eram bem mais raros.

Mas tudo isso eu sabia de ouvir falar. Ainda não chegara o dia de eu conhecer o prédio onde iria morar por tantos anos. Naquela cidade onde eu vivia, eram poucas as pessoas com estudo. Havia o doutor Tatiano, o médico, um farmacêutico de nome Newton e um advogado, cujo maior mérito era ter comprado o primeiro fusca do Brasil ali naquele povoado. Mas a melhor pessoa de a gente ouvir era o padre. Ele contava histórias muito interessantes e envolventes, despertando a curiosidade de todos os meninos. Nas aulas de catecismo e fora delas.

Uma das que mais gostamos foi a de Jacó, que era uma história de amor, tirada da Bíblia. Jacó apaixonou-se por uma moça de nome Raquel. Pediu-a em casamento a Labão, que seria um dia seu sogro. Este estipulou como condições que Jacó trabalhasse para ele sete anos. Só depois disso é que permitiria o casamento de sua filha mais nova e mais bonita.

Jacó, que tinha um grande, profundo e verdadeiro amor por Raquel, trabalhou pacientemente os sete anos pedidos. Sequer pechinchou: "O senhor não poderia deixar por três e meio, quem sabe quatro?". Não. E depois de ter trabalhado aqueles sete anos, Jacó foi enganado por Labão, que, ainda na noite de núpcias, lhe empurrou Lia, a outra filha. Era um tempo em que a noiva vinha embrulhada em roupas e véus que lhe cobriam todo o corpo, sendo impossível, mesmo para o noivo, reconhecê-la.

Lia era feia, a pobrezinha, e, além do mais, Jacó amava Raquel e não a irmã dela. Traído pelo sogro, Jacó foi reclamar. E Labão, fazendo ar de pai amoroso, disse: "Lia é mais velha, não é bonita como Raquel, e o meu dever de pai é fazer com que a mais velha case primeiro. Ainda mais feinha como é...". Jacó estava inconsolável. Labão, porém, era cheio de astúcias e fazia bons negócios: com as ovelhas e com as filhas. E disse a Jacó para ele trabalhar mais sete anos que, então, poderia casar-se também com Raquel. Aquele era um tempo em que um homem podia ter mais de uma mulher. Como hoje, aliás. No Brasil e em muitos outros lugares. Mas os antigos não eram tão fingidos, decerto.

Jacó aceitou a proposta, mas o que disse a Labão foi melhor dito pelo poeta português Luís Vaz de Camões que, tratando da questão, pôs essas palavras na boca de Jacó: "Mais servira se não fora/para tão longo amor tão curta a vida!". Para nós, meninos, estes versos pareciam ainda mais belos e nós os transcrevíamos em contracapas de livros, cadernos, diários, cartas e bilhetes.

Apesar de ainda muito menino, eu já sentia profunda ternura por algumas de minhas colegas na escola. Nos dias de frio, quando uma das professoras "dinossauras" restantes, daquelas em processo de extinção devida à chegada das normalistas, me punha de castigo para sentar ao lado de uma menina, para punir alguma travessura, eu, ao contrário de muitos outros, não achava isso uma desgraça tão grande. Ia bem contente para a carteira da menina que a professora me determinara. Às vezes, eu estava com frio, sem blusa ou com uma blusa muito fininha, e podia aquecer-me junto a uma colega vestida com casaco de lã.

Logo, porém, me explicaram que se eu quisesse mesmo ser padre, como mamãe queria que eu fosse, tinha que renunciar às tentações. E entre as principais estava a mulher. Eu não entendia nada daquilo, afinal eram meninas e não mulheres ainda as colegas de quem eu gostava. E aquelas admoestações desarrumavam meus sentimentos e deixavam meu coração fora de lugar. Sem contar que eu não podia contar o que tia Vina me contava.

Eu sabia, menino embora, que era um projeto de adulto. Um adulto em formação. E as pessoas grandes tinham enorme poder sobre meus sonhos e talvez quisessem dirigir demais o meu crescimento. Mas eu precisava ter com os grandes uma paciência que eles nem sempre tinham comigo.

Eu lia muito e as leituras que fazia me permitiam comparar o que eles me ensinavam com o que outras pessoas diziam nos livros que eu lia. E, aos poucos, ia percebendo que, justamente por ler mais livros do que os outros, eu era um menino tido por teimoso, capaz de discordar dos mais velhos, se bem que no mais das vezes de um modo jeitoso, com boa educação e respeito, conforme minha avó me ensinava sempre. "Os adultos, sobretudo seus pais e avós, MERECEM o seu respeito, entendeu?", dizia minha avó. "Não é um favor que você faz a eles." "E, nós, as crianças, vovó, também merecemos o respeito deles?" "É claro que sim, pois se eles só querem o bem de vocês!"

Às vezes eu tinha dúvida disso ou entendia pouco os caminhos insólitos desse querer-bem. Mas eu era criança e todo dia coisas novas aconteciam em mim, perto de mim, ali onde eu vivia.

O dia da partida foi inesquecível. Meu pai me levou de trem ao seminário. Eu ia pra lá porque mamãe tinha vocação para eu ser padre. Eu contemplava a paisagem, as árvores e os postes passando depressa por mim; parecia que o trem estava parado e que as coisas é que se movimentavam, o mundo todo é que passava por nós. Eu e meu pai, não.

Um pouco antes dos túneis, eu olhava bem para o rosto de meu pai para ver se no escuro eu saberia adivinhar os vincos de sua pele, as marcas da sezão no rosto, os vestígios que uma febre braba um dia deixara nas faces de meu pai. De minha mãe eu levava uma profunda saudade. Mas não chorava. Estava contente. Eu gostava de estudar e ler, e ia para um lugar onde poderia fazer isso de forma mais ordenada, em melhores condições e boas companhias.

Ao chegar à cidade onde ficava o seminário, tomamos um tílburi. Eu sabia que tílburi era uma coisa do século passado. Um meio de transporte usado no tempo do Império. Num tílburi tinham andado a suspicaz e adúltera Capitu e o ciumento e, mais tarde, vingativo Bentinho, meus conhecidos de Dom Casmurro. Num tílburi tinha andado uma atriz, amada por Castro Alves, e, enfim, os tílburis carregavam pessoas importantes em minha infância. Além do mais, ali onde eu morava o século ainda parecia o passado. Poucas marcas do novo século podiam ser notadas. O fusca? A luz elétrica? Na escola a gente cantava uns versinhos, que narravam o deslumbramento de uns caipiras que vinham à cidade pela primeira vez e ao retornar à roça contavam o que tinha visto:

> "pelas ruas corre uns fio
> que sem fósforo nem pavio
> de repente acendem assim os lampião.
> Diz a gente da cidade
> que é a eletricidade
> que faz toda aquela iluminação."

Depois, relatavam sua admiração também por outras novidades, inexistentes na roça:

> "Lá adiante quase fujo
> pois num parque vi um cujo
> com um sapato esquisito a rodar
> por debaixo da botina,
> uma roda pequenina
> até parece que o demônio vai voar."

O estribilho dizia assim:

"Chega, seu Zé; chega, Mané,
venha o Pedro e o Bastião
Que o seu Juca vai contá
o que viu na capitá
coisa de fazer espantação."

Meu pai me tirou das divagações para dizer que o nome daquele transporte não era tílburi coisa nenhuma, que era charrete. Ao que o homem que estava na boleia acrescentou: "Seu filho fala difícil. Isto aqui alguns chamam de carroça, também.". Para aquele homem, tudo o que ele não entendia era coisa difícil. Parecia uma colega minha que achava conta de somar muito fácil e de diminuir muito difícil.

A carroça tomou o caminho chamado faixa – a estrada principal – e os cavalos agora troteavam por uma estradinha bem arborizada, enfeitada de flores e passarinhos. Meu dia estava muito bonito.

Fui recebido por um padre atencioso e muito querido. O nome dele era Divino. "É o padre-prefeito", disse o reitor, que se chamava Gregório. "Padre Divino cuida da divisão dos menores."

Meu pai e os padres conversaram um pouco mais. "Seu filho está em boas mãos", disse o padre-reitor, por fim. Meu pai abaixou-se para que eu pudesse abraçá-lo. Foi um abraço mais demorado que os habituais.

Padre Divino me tomou pela mão. Ainda me virei um pouco para ver o vulto de meu pai que se despedia do padre-reitor. Ele deixou de olhar para o padre e me fez um aceno. Ia sentir muitas saudades de meu pai. Era a pessoa que eu mais amava na vida, o meu único tesouro. "Onde está o teu tesouro, ali está teu coração", tinha lido na Bíblia. Tia Vina contava que eu nascera um menino mirrado, cheio de todas as fraquezas. Que todos achavam que eu não ia sobreviver. Todas as tardes, comadres, amigas e vizinhas de mamãe nos visitavam. Rodeavam o berço onde eu estava, debruçavam-se sobre ele para ver melhor e, me contemplando com falsa piedade, diziam: "Esse não se cria!". Tanto diziam isso que mamãe por fim acabava por concordar com elas: "É, parece que esse não se cria mesmo... É uma pena, porque meu marido queria tanto um menino!". "Então, às vezes seu pai chegava justamente nessa hora, colocava o dedo sobre a boca e dizia com convicção:

'Se cria, sim!'. Depois você engordou, ali por volta de três anos, e caía com muita facilidade", me explicava tia Vina, "Caía e rolava, que nem uma bolinha." E minha tia mais querida dava uma risada gostosa nessas horas. Apareciam todos os dentes, o céu da boca, tudo. Só não aparecia a campainha que mais tarde eu vim saber chamar-se úvula. Esta, eu somente a via quando ela bocejava. O céu da boca de tia Vina estava sempre vermelho. Era uma aurora escondida.

Agora, porém, eu ia viver entre homens e meninos. Era preciso esquecer tia Vina. Uma vez lá dentro, logo nas primeiras aulas, fiquei sabendo que deveria esquecer todas as mulheres do mundo, inclusive minha mãe, minha avó, todas. No céu, outra mãe carinhosa abriria seu véu sobre nós. O véu no céu. Claro que não era o céu da boca, onde sentíamos todos os gostos, até mesmo o gostinho doce das laranjinhas do céu, espécie miudinha e saborosa.

Me virei outra vez. Meu pai seguia sem olhar para trás, caminhando devagar. Jamais vira meu pai caminhar devagar. Aquela foi a primeira vez. Ele não tinha pressa alguma de me deixar ali. Ou intuía que provavelmente ali eu ia sofrer bastante, sofrendo ele também por ter concordado com a insopitável vocação que mamãe tinha para eu ser padre.

No meio daquela multidão, eu ia ficar muito sozinho.

2

OS QUE AMAM NÃO SE ESQUECEM DE NADA

> "As milícias de Belzebu compõem-se, segundo os mais rigorosos demonologistas, de 6666 legiões, cada uma formada de 6666 demônios."
>
> Olavo Bilac, *Conferências literárias*

Não éramos seis. Éramos duzentos e sessenta e três. Ou setenta vezes sete e estávamos ali para nos prepararem para o sacerdócio. "Preparar é diferente de treinar", ensinava, como sempre, padre Divino. "O treinado somente sabe fazer o que lhe ensinaram; o preparado tem café no bule e sabe o que fazer em qualquer situação."

Todos nós éramos meninos cheios de espinhas, cravos e alguma arrogância. Líamos autores latinos como Juvenal, Terêncio e Sêneca, no original. Os mais velhos liam também Aristóteles e nos diziam que o grego não era assim tão difícil. "O grego tem outros sinais gráficos" disse Kiko, "e Aristóteles – você sabe? – condena o riso."

"Que sujeito sem graça!" disse Loyola. "E por que aprender tantas línguas?", perguntou André. "Vamos evangelizar o mundo todo? Vamos sair por aí fazendo homilias em latim, grego, alemão, inglês, italiano, espanhol? Não basta o português?"

Não bastava. E por enquanto não devíamos fazer tantas perguntas. Este era o conselho de padre Divino, louro, alto, olhos azuis, mãos vermelhas, dedos não tão longos, como é que podia tocar tantos instrumentos? Ensinava violino, órgão, flauta, era também maestro de nossa bandinha. Até pistão o danado do padre sabia tocar. E quando Loyola errava o tom do trombone, o ouvido afinadíssimo de padre Divino suspendia todos os outros instrumentos para retificar o desafino. "Padre Divino nasceu com o dom da música", disse André. "É", disse Loyola, "mas se não estudasse muito o dom não se desenvolveria."

Agora estávamos no recreio, entre uma aula e outra. Um sol tímido comparecia ao pátio, coberto de areão, e ia acendendo aos poucos as diversas sombras que cobriam a grama do campo de futebol, a quadra de basquete, de vôlei, o pomar, a cúpula da capela, novinha em folha, edificada pelas graças do Senhor Bispo, que nos presenteara com aquela construção. "Assim é fácil de dar presente", disse Kiko. "O meu pai deu dez sacos de arroz, lá na minha região todo católico soube de que aqui precisávamos de uma nova capela, que pouca vergonha!" "Mas por que pouca vergonha?", perguntou André. "Deus deu a melhor colheita do ano, o que custou pra sua família dar dois sacos de arroz?" "Não foram dois, foram dez", disse Kiko. "Que fossem vinte", disse André. "O Senhor deve ter dado uns quinhentos pra sua família." "O Senhor deu, mas foi preciso retirá-los dos banhados, através de modos humanos. Compramos semente cara, aramos a terra, andamos muito para semear, tiramos o inço e, depois, dentro d'água, cortamos todo aquele arroz, colhendo com foices que às vezes nos machucaram muito. Sem contar as pernas e os braços arranhados por tiriricas e cobertos de alergia de ervas daninhas", disse Kiko. "Mas a tudo o Senhor recompensou. Tanto que deu cem por um", disse André.

Kiko vestia uma blusa de lã, André tremia de frio, esquentando-se ao sol, a sua era uma blusa de malha fina. Kiko calou-se, ficou contemplando André com um olhar estranho, parecendo concordar com a generosidade do Senhor.

A sineta deu o fim do recreio e voltamos à sala de aula. Nós, da divisão dos menores, estávamos separados dos maiores, que estudavam no "lado de lá". Um muro repartia o pátio.

A aula seguinte estava a cargo de padre Divino. O tema do dia era "*mulier janua diaboli*", "a mulher é a porta do diabo". "Todos os grandes santos e doutores da Igreja souberam ver o perigo que representa a mulher para o homem piedoso", começou padre Divino.

"A mulher trouxe o pecado ao mundo, mas não fez somente isso; aproveitando-se de que o homem gostava dela, convenceu-o a também comer o fruto proibido. Foi aí que começou nossa desgraça. Pois conhecimento demais traz desgraça. Há que se preservar uma ponta de mistério em tudo. Desde então, o pecado assolou o mundo e as descendentes de Eva jamais pararam de nos tentar. Até que um novo Adão, Jesus Cristo feito homem, morreu na cruz e fez o nosso resgate", disse padre Divino. "Ainda no momento da expulsão, o Senhor, manifestando seu grande amor pela humanidade, lembrou-se de que o homem havia sido criado para uma missão diferente e por isso prometeu, ali na hora, que haveria a remissão dos pecados."

Aquelas aulas eram assim: o professor falava; o aluno escutava. Todos nós gostávamos mais de suas aulas de música. A tarefa daquele dia foi na biblioteca do seminário: alguns parágrafos de doutores da Igreja, sabidos todos eles, que teciam altíssimas considerações sobre a Virgem Maria, a Mulher encarregada de efetuar a nossa remissão. Na próxima aula, padre Divino se entregaria a uma figura de linguagem que lhe era muito cara: o paradoxo. A mulher trouxera ao mundo a nossa desgraça e a nossa salvação. Agora, como conclusão, todos podiam ser senhores de seus destinos, fazendo por merecer o céu ou o inferno de acordo com os atos praticados, isto é, com o comportamento aqui na Terra. "Incluindo a conduta em sala de aula, claro", finalizou o padre Divino.

Almoçamos e fomos brincar de bandeirinha. Todos corriam nesse jogo, levando uma bandeira ao companheiro postado um pouco à frente. Ao final do grande círculo, todos haviam corrido pelo menos cem metros cada um, o que padre Divino considerava ótimo para uma boa digestão. Mas André frequentemente vomitava durante esses exercícios. Às vezes. ele tinha também câimbras nas pernas, se jogava ao chão e gritava de dor.

À tarde, em vez de aulas, estudamos individualmente. Tomei um volume de Karl May e resolvi estudar geografia. O Atlas era o maior livro que eu tinha na carteira, o único capaz de esconder o grosso volume de *À sombra das tamareiras* ou de *Winnetou*. Na verdade, não enganava ninguém. Eu já tinha estudado geografia, obtivera boas notas naquele bimestre de um ano qualquer da primeira metade da década de 60 e aprendia novas geografias lendo Karl May, um autor, que, sem sair da prisão, aprendera, lendo muito, para escrever aquelas aventuras.

Antes, porém, de começar a ler o Karl May, fiz um pequeno parágrafo sobre o pé. Eu sabia que padre Divino gostava de textos curtos. Como sua próxima aula seria sobre o pecado, nesse meu parágrafo eu escreveria que "pecado" vinha de outra palavra latina – pois quase todas as palavras eram meio aparentadas. Assim, ligando o pecado ao pé, eu diria que pé era *peccus* em latim e que pecado era, portanto, um tropeço.

Poxa, mas antes da Karl May havia ainda os deveres de português. Tomei o caderno e fui preenchendo. O primeiro exercício era completar as vozes de alguns bichos. Loyola bateu em meu ombro, ele se sentava apenas uma carteira atrás. "O cisne arensa", ele me disse, "mas é como 'esse' ou 'cê-cedilha'?" "Com 'esse'", eu disse, "mas esqueci qual é o macho da tartaruga, da baleia e a fêmea do cupim." "Daqui a pouco eu passo para você num papelzinho", disse Loyola, "porque eu também não sei: vou perguntar ao Kiko." Logo depois o bom Kiko, que tudo anotava nas aulas, mandava dizer que "o macho da tartaruga era capitari; o da baleia, caxaréu, e a fêmea do cupim, arará". "Agora só me falta o antônimo de póstumo", disse Loyola, aos cochichos, como sempre. "O antônimo de póstumo", admirou-se Kiko. "Mas tem isso?" "Tem, claro que tem", disse Loyola, "senão, o padre não ia perguntar!" "Mas pode ser que é daquelas perguntas sem respostas!" "Não, não", disse Kiko, "se fosse daquelas perguntas, o exercício seria objetivo, a gente marcaria uma das letras e a certa seria NDA (nenhuma das anteriores)." "Talvez o André saiba o antônimo de póstumo", disse eu. "Imagine, o André, logo o André, ele é muito fraco em português", disse Loyola. "Mas essas palavras que ninguém usa, que ninguém sabe, essas o André sabe". Dito e feito. Mas quando o bilhete de André ainda estava a caminho, o bedel gritou bem alto para todos ouvirem: "o antônimo de póstumo é ântumo, mas parem de colar, senão eu chamo o padre prefeito!". André ficou fulo de raiva: "Era a única que eu sabia, queria ajudar vocês um pouquinho, são sempre vocês que me ajudam e esse bedel de bosta aí precisava dizer?"

Continuamos nosso exercício. "A mosca azoina, o gavião atita, o elefante barre, o camelo blatera..." "Por isso se diz de um orador que ele deblatera, será?" perguntou Tomás. "Diz-se assim quando um orador fala em vão, ou um pregador tenta converter gente de ouvidos moucos", completou Tomás, "pois camelo blatera no deserto!" "Muito profundo o Tomás!" Tomás não se contentava em preencher os exercícios, ele sempre queria saber mais. Aprendera que o conhecimento somente chegaria depois de muito esforço. E, além do mais, ele sempre avançava um pouquinho sobre aqueles véus que nossos professores diziam ser a ponta de mistério no fim do conhecimento, que jamais deveríamos erguer totalmente.

"O macaco guincha, a raposa regouga, o peru gruguleja", disse Loyola, "mas e a andorinha?" "A andorinha gazeia", disse Tomás. "Com 'i'?", perguntou Loyola outra vez. "Sim", disse Tomás, "gazeia, como quem gazeia uma aula. Quem gazeia uma aula faz como uma andorinha que sai voando por aí." Levamos uns bons tempos naqueles exercícios e somente depois voltamos a ler nosso querido Karl May.

No final da tarde, quando soaram as ave-marias, uma calma invadiu aquele começo de noite e no alto-falante ouviu-se uma canção que dizia assim: "...À tarde, o planger dos sinos na capelinha/bem perto o cantar dolente de uma rolinha...".

Jantamos em mesas distribuídas pelo imenso refeitório, à base de quatro seminaristas em cada uma delas. No martirológio daquele dia, Kiko leu a vida de Santa Catarina de Sena. Suplicada numa atafona. Linda, de cabelos e olhos claros, tal como a víamos em efígies, Santa Catarina fora martirizada. "A virtude sempre vence o vício." Concluiu Kiko: "É questão de tempo. Basta a pessoa querer!".

Ao receber o livro das mãos de Kiko, padre Divino acrescentou: "*si vis, potes*". E perguntou: "Qual é o significado deste provérbio latino? Diga você, André.". Surpreso, André falou com a boca cheia de feijão, um caldo escorria por um dos cantos: "Se queres, podes". "Muito bem", disse padre Divino.

"Você está melhorando, André." Melhorando coisa nenhuma. André tinha levado o maior susto com a pergunta, pois ele não sabia significado de provérbio algum, mas uma alma benfazeja, chamada Loyola, soprava aquela sabedoria sobre ele.

Mas o que queríamos? Quem queria por alguns de nós eram nossos pais. O provérbio, então, era destinado a eles, que tudo podiam, inclusive colocar seus filhos num seminário, mesmo contra a vontade dos meninos?

Terminado o jantar, saímos para o costumeiro passeio ao anoitecer. O sereno talvez já começasse a cair. Nossas sombras se alongavam sobre a terra, faziam desenhos nas paredes dos muros, vacilavam aqui e ali. Chegava a noite, que deveria ser uma hora de calma. Mas aquele começo de trevas era uma ameaça para nossa virtude. Alguns faziam, àquela hora, o pecado nefando. Qualquer pecado que envolvesse o sexo era muito grave. Se fosse praticado, porém, menino com menino, então ficava sendo nefando. Era assim chamado porque não se podia nem nomeá-lo. Os que cometiam o pecado nefando, se descobertos, eram expulsos.

Depois da caminhada, fomos à capela para as rezas noturnas. Semprebom, o organista, encheu a capela de sonoridade com sua música, e nós começamos a cantar uma letra que dizia assim:

"Lenta e calma sobre a terra
Desce a noite e foge a luz
Quero agora despedir-me
Boa noite, meu Jesus."

Alguns meninos, porém, muito malandros, gostavam de substituir essa letra sagrada por outra, muito profana, cuja métrica dava bem certinho com a letra da Lenta e Calma...:

"Abra a porta ou a janela
Venha ver quem é que eu sou
Sou aquele desprezado
Que você me desprezou."

Às vezes invertíamos e cantávamos o Lenta e Calma... no ritmo do "Abre a porta ou a janela..." Muitos eram os que riam durante essas ocasiões, porque cantávamos as variáveis a plenos pulmões, até mesmo dentro da capela, durante certas cerimônias.

Semprebom, ganhava de todos nós, pois, nessa questão de variar as letras, tinha uma muito obscena para trocar por esta:

"Azul é teu manto
Branco é teu véu
Mãezinha, eu quero
Te ver lá no céu."

A variação de Semprebom:

"Azul é teu *modess*
Branca é tua calcinha
Mãezinha. eu quero
Te ver peladinha."

Um dia, os gêmeos, Floriano e Deodoro, delataram Semprebom. Padre Divino postou-se atrás dele na capela, sem que ninguém soubesse, já que ninguém podia olhar para trás naquele recinto do Santíssimo, e ouviu Semprebom, ao órgão, cantar aquela bandalheira.

Semprebom foi expulso no dia seguinte. A cerimônia de sua exclusão foi de cortar o nosso coração, como sempre acontecia naquelas ocasiões. Conduzido pelo padre-reitor, que tempos depois ficou cego não se sabe se por praga nossa, pois de tantos que expulsara, passou a ser odiado por todos, Semprebom foi levado à nossa frente ficando a uma distância de alguns poucos metros. O próprio reitor proferiu a condenação, ordenando que Semprebom fosse repetindo frase por frase o que ele, reitor, dizia:

"Eu, Semprebom Barbosa...", proferia, solene e rancoroso, o padre-reitor. E Semprebom, rindo meio sem-graça e contido, disfarçando alguns sentimentos desarrumados que não conseguia dominar naquela hora, repetia: "Eu, Semprebom Índio Brasileiro do Amaral Barbosa...".

O padre-reitor olhou severo para Semprebom. "Já lhe disse mais de uma vez, os outros padres também já lhe ensinaram, que seu nome aqui é Semprebom Barbosa, nada mais. Semprebom.", murmurou padre-reitor. "Tudo no senhor é inadequado, a começar pelo nome." E retomou: "Eu, Semprebom Barbosa..." "Eu, Semprebom Índio Brasileiro do Amaral Barbosa..." O padre-reitor resignou-se. Ele ia ser expulso e não se corrigiria mais.

Os padres tinham o costume de alterar nossos nomes. Diziam que muitos de nossos pais eram tão ignorantes que não sabiam sequer dar nomes aos filhos, quanto mais boa educação! E Andrezinho: "Por que não fazem como nas ordens religiosas, que trocam os nomes dos que professam?". E Kiko: "Porque ainda não professamos e, além do mais, somos padres seculares.". E Tomás: "Somos padres, Kiko?".

"Não somos, mas vamos ser", disse Kiko. "O que é professar?", alguém perguntou. "Fazer os votos", disse Tomás. "Prometer castidade e obediência." "Você esqueceu um voto", disse Kiko. "Esqueci, coisa nenhuma", disse Tomás. "Claro que esqueceu", disse Kiko. "Você esqueceu a pobreza." "Não esqueci nada", disse Tomás. "Os padres seculares não fazem voto de pobreza."

"Não vê que o Bispo é rico, Kiko?" "Ah, sim, é verdade", disse Kiko, "mas você não precisa falar mal do Bispo para corrigir um esquecimentozinho meu." "Não estou falando mal dele", disse Tomás. "Só estou dizendo que ele é rico. E isso é verdade." Vílson estava um pouco atrás daquele nosso grupinho e nos ajudou: "A verdade deveria ser dita do alto dos telhados e você a está proferindo quase ao rés do chão, Baixinho." Tomás não gostava do apelido, mas desta vez não se importou.

O padre-reitor continuava com os impropérios contra Semprebom. E ele, o pobre coitado, ali, na maior humilhação, a repeti-los: "E, além do mais, os atos que pratiquei com a mesma boca que um dia haveria de converter o pão e o vinho no corpo e no sangue do Senhor..." Semprebom já repetia com a voz trêmula. O padre-reitor prosseguia: "São indignos demais para que eu permaneça no convívio dos justos e dos eleitos de Deus..." André ameaçou rir, lembrando-se da definição de justo que um dia Loyola dera: "Justo é o que não é nem frouxo, nem apertado." Mas um de nós deu-lhe um cotovelaço delicado, porque padre Divino talvez estivesse percebendo os cochichos.

Quando o padre-reitor entrou nos termos que anunciavam o desligamento definitivo de Semprebom, tendo aludido ao fato de ele ser o organista, Semprebom explodiu num choro cheio de desespero, fazendo com que muitos de nós ali também enchessem os olhos de lágrimas. Disse o padre-reitor:

"Minha culpa fica ainda maior porque o bom Deus me deu o dom da música..." Semprebom sempre repetindo agora já chorando, "... e eu utilizei este dom para cometer o terrível sacrilégio de ofender a mãe de Deus."

Semprebom quase não conseguiu pronunciar as últimas repetições. A seguir, fomos instruídos, como de costume nessas ocasiões, a nos aproximarmos do que estava expulso para arrancar algumas de suas faixas e roupas. Quem fazia isso era a pelotão de saúde, integrado, entre outros, pelos dois gêmeos, Deodoro e Floriano. Deodoro arrancou primeiro a faixa amarela com uma cruz preta, a que Semprebom fazia jus por ser cruzado mariano, coisa que poucos de nós éramos, pois para ser elevado àquilo era preciso ter nota máxima em quatro categorias: comportamento, aplicação, civilidade e ordem; podendo, de resto, ter notas baixas em disciplinas como: grego, latim, canto orfeônico, etc.; mas não em trabalhos manuais, liturgia, ou apologética, por exemplo.

Deodoro arrancou a faixa amarela com raiva, fazendo bico e careta para Semprebom, mostrando a língua e tudo o mais. Tomás não achou direito aquilo e, naquele dia, aprendemos de Tomás o que significava tripudiar, que só ele sabia. "*Vae victis*", disse Kiko, para recuperar um pouco seu prestígio de grandão: momentos antes não soubera que os padres seculares só faziam dois dos três votos obrigatórios. "*Vae victis*" queria dizer "ai dos vencidos". Todos nós sabíamos que era uma frase que ficou famosa porque um general gaulês, chamado Breno, a pronunciara quando os romanos reclamaram que os vencedores estavam roubando no peso do ouro dos resgates. O general, pondo a espada sobre o lado dos pesos falsos, obrigando a que mais ouro fosse dado, dissera, então, a frase famosa.

Era um dia frio e, por isso, a cerimônia de expulsão de Semprebom demorava um pouco mais. Tiraram-lhe o sobretudo, uma pequena jaqueta, uma blusa e a camisa, para que se cumprissem as escrituras do Regulamento Interno do Seminário.

Semprebom estava muito vermelho, chorava demais, a camiseta estava molhada de suas lágrimas, e ele com muito frio. Assistíamos àquilo tudo temendo que a qualquer momento um de nós poderia estar ali outra vez.

Todos foram instruídos a enxotar Semprebom, que saiu correndo em direção à porteira que dava para a pátio dos menores: a expulsão havia sido feita no pátio dos maiores porque Semprebom pertencia àquela divisão.

Foi um momento triste e inesquecível. Muitos de nós choramos aquele dia. Inclusive alguns que eram muito puxa-sacos dos padres, mas acharam aquilo tudo humilhante demais. Menos os gêmeos.

Tempos depois, quando a vida foi nos esperar em outra idade, encontrei os gêmeos, quase irreconhecíveis, dadas as novas vestimentas, numa rua de Curitiba, cerrando fileiras na TFP: Tradição, Família e Propriedade. Continuavam com suas caras de bobos completos, ambos com o olhar meio apalermado, doidões, carolas como sempre tinham sido, anunciando em altos brados uma frase que o chefe deles mandara repetir: "Pastores do Chile entregaram suas ovelhas nas mãos do lobo vermelho." Aludiam ao fato de muitos bispos e padres chilenos terem apoiado a eleição de Salvador Allende.

Apesar de tantas emoções verdadeiras naquele ato de expulsão, algumas coisas eram combinadas. Expulso do pátio, Semprebom foi recolhido no outro lado do prédio. Seus pais o esperavam numa sala, conversando com o padre espiritual, encarregado das orientações vocacionais, que dizia aos pais do renegado, em voz mansa, gestos suaves, olhar dulcíssimo, que o filho deles poderia seguir qualquer outra profissão. Aproveitava para enaltecer algumas qualidades do menino, prevendo futuro brilhante em algum outro ofício. Semprebom chegou chorando, mas os pais não haviam assistido à terrível cerimônia, que era secreta. Por isso, não poderiam entender tanto desespero e apavoramento do menino e procuravam consolá-lo.

Ainda bem. Outros pais, não sabendo de nada, para mostrarem o cuidado que tinham com a educação dos filhos, aproveitavam para espinafrá-los ainda mais, depois da dita expulsão, querendo com isso agradar aos padres.

Ficou proibido referir o episódio. Seu nome dali em diante foi mudado pelo padre-reitor para Belzebu.

Nunca mais vi Belzebu depois daquele abraço. Sim, quando passamos diante da sala em que ele chorava abraçado a seus pais, Kiko, Loyola, Andrezinho e eu entramos para nos despedir. Era proibido, mas nós o fizemos com muita alegria. E daquela vez nenhum padre atreveu-se a nos punir por causa daquele gesto. Na verdade, chegaram a pensar em fazer isso, mas Tomás citou São Paulo: "Ainda que eu soubesse todas as línguas dos homens e dos anjos, se não tivesse caridade...". O padre bem que tentou nos pegar, mas o reitor fez um gesto breve com a mão e disse: "Deixe."

Belzebu tinha quatorze anos, era muito brincalhão. Tinha grande habilidade em subir em árvores e ia lá nas pontinhas dos galhos buscar as frutas mais apetitosas. Generoso, sempre distribuía o que apanhava, com tanta dificuldade, aos colegas. Um dia caiu do alto de uma guabirobeira, perdeu os sentidos por alguns momentos, naquela que foi sua primeira morte, mas logo depois, sem que ninguém tocasse nele, levantou-se e saiu correndo, meio sem saber para onde, como a querer fugir da morte que chegara tão perto aquele dia. Da segunda morte ele não escapou. Tomou um veneno terrível que deixou seu corpo cheio de manchas pretas, segundo tempos depois nos contaram. Foi muito triste o seu velório, porque também os vizinhos não quiseram comprometer-se com o padre do lugar, que aprovara a expulsão. Nunca soubemos direito tudo o que Belzebu fez, a não ser uns rumores de que além do pecado da capela, eram várias as obscenidades que praticava, pensadas, ditas e feitas. Soubemos, também, que seu corpo fora sepultado sob a entrada do cemitério de sua cidade, para que, de acordo com um costume, todos pisassem sobre ele quando fossem levar outros mortos aos sepulcros que lhes estavam destinados. O suicida Belzebu não fizera por merecer o paradoxal convívio com os outros mortos que também aguardavam o Dia do Juízo, em busca da única justiça que não falharia.

Como tudo passa nesta vida, o bem e o mal, ao contrário do que nos apregoavam alguns santos e doutores da igreja, tempos depois os ossos de todos foram trasladados para outro cemitério da cidade onde morara Belzebu. O novo padre do lugar mandou que também os ossos do menino fossem postos na mesma bacia das almas, o local onde eram reunidos os restos mortais de todos os outros, que aguardariam ali o estouro do Juízo Final, quando, segundo a crença de muitos, Belzebu receberia o perdão de um Senhor que, por muito justo, misericordioso, onipotente, remiria de tanta dor aquele guri.

Nós, os meninos, crescemos, nos espalhamos por este Brasil em curiosa diáspora, cheia de ínvios caminhos, pouco aplainados, porque em nossas vidas não apareceu nenhum São João Batista para nos livrar de vales e outeiros cheios de bichos brabos, e um dia um de nós visitou o lugar onde um dia morara Belzebu. O menino já fazia milagres, havia curado enfermos, alguns paralíticos haviam se erguido de suas cadeiras de rodas e caminhado. E no lugar do antigo portal do cemitério, ao cavarem para retirar os ossos de Belzebu, os coveiros tiveram que arrancar dali uma amoreira carregadinha de lindas frutinhas. A natureza fizera algum tipo de justiça a Belzebu e chegara também o tempo de outras mudanças.

Um dia, Tomás também soube disso, o então doutor em Letras, Tomás de Figueiredo Pinto, e disse ao telefone para quem lhe lembrou a história: "Isso daria um romance! E veja que bonito ser um pé de amora, feminino de amor!"

O príncipe das trevas tinha um nome bonito, olhos azuis na imagem que então se fez dele. O escultor não encontrando o que pôr no lugar dos olhos, para enfeitar sua imagem de pedra, houve por bem de embutir ali nas cavidades oculares duas bolinhas de gude, muito azuis, de uma cor viva e brilhante. Belzebu ficou um xodozinho. Só não ficou mais bonito do que o outro, o Menino Jesus de Praga, com tantas novenas, mas esse a gente não sabia se existia, e Belzebu ficou em misericórdia para sempre.

Aquelas cerimônias horrorosas da expulsão de Semprebom nos deixaram extenuados. Jantamos, pois tudo fora feito ao entardecer, passeamos pelo pátio, comentando que agora deveríamos cantar sem acompanhamento de órgão, mas fomos informados de que Kiko, que era um dos melhores alunos de música, iria substituir Semprebom *pro tempore*! Kiko tocou órgão até todos sairmos dali. Foi o provisório mais definitivo que encontramos em toda a nossa vida.

Caminhamos um pouco, como sempre, para fazer a digestão, tão difícil para os delicados aquele dia. Alguns tiveram cólicas, vomitaram e passaram muito mal, suando frio. Fomos para a capela fazer as rezas da noite, cantamos sem órgão, como se fossem cantos gregorianos, em ritmo diverso. Depois disso, dirigimo-nos, seguindo nossa rotina, para o dormitório.

Escovamos os dentes, tomamos banho e nos deitamos em silêncio, enquanto os alto-falantes providenciavam nossa dieta musical: Mozart, sinfonias nºˢ 40 e 41. Padre Divino caminhava entre as camas. Cristos e Marias fosforescentes enfeitavam alguns criados-mudos. Ao fundo, a luz fraca dos banheiros, onde, escondidos, alguns de nós iriam ler Jean-Paul Sartre e outros autores proibidos, assim que o padre Divino deixasse de caminhar e fosse se recolher a seu quarto, edificado em forma de tenda no meio de nós.

Não havia intimidade possível. Quando acendiam a luz, víamos que ele, como todos nós, se cobria com um lençol para trocar de roupa, vestindo o pijama. Padre Divino estava cansado. Era um homem de pouco mais de quarenta anos. Logo dormiu. Era chegada a hora dos lobos.

Começava nossa expedição à cozinha, que expulsão de ninguém, por mais triste que tivesse sido, haveria de interromper, pois tínhamos fome. Na cozinha buscaríamos banana, pão, doces, bolachas, enfim tudo o que aplacasse nossa fome de adolescentes em crescimento. Durante o dia tínhamos estudado bastante e, por isso, estávamos cansados e principalmente famintos.

Éramos dois os escalados da noite, atendendo aos critérios de magreza e altura. Somente assim passaríamos pela estreita janela. Mais fácil um camelo passar pelo buraco de uma agulha do que um gordo pela janela da cozinha.

Na cama do Loyola, dei o toque combinado. Eu já estava preparado. Vestia a pijama de bolsos grandes. Mamãe estranhara meu pedido quando estava costurando aquele pijama. "Mas, meu filho, bolso de pijama tem que ser pequenininho, é só para enfeite." "Não mãe, faça bolsos bem grandes, ficam mais bonitos." "Mas, meu filho, pijama é para dormir, e você não dorme com nada no bolso, dorme?" "Durmo." "Dorme? Com quê?" "Quer dizer, não; mas é que eu gosto de pijama de bolsos grandes, mãe."

Mamãe por fim concordou que era mais um capricho. E como eu pouco lhe pedia, fez aquele pijama com bolsos bem grandes. Agora, então, eu podia enchê-los de bananas, bolachas e guloseimas que eu roubava na cozinha em nossas expedições noturnas.

Loyola me encontrou no banheiro. "Será que o padre dormiu?" "Acho que já", eu disse, "mas se não dormiu ainda, não tem importância; basta que a gente não faça barulho." "Tenho raiva dos polacos", disse Loyola. "Eles não se arriscam a buscar, mas sabem muito bem comer o que a gente traz; perigo nenhum eles passam." "Deus. quando dá, dá pra todos", eu disse, repetindo um provérbio de minha avó. "Mas, às vezes Ele não dá. Nem pra nós, nem pra ninguém", acrescentei.

Uma luz fraca permanecia acesa lá pelos lados do banheiro. Alguns ressonavam, outros roncavam e uns quantos peidavam, a noite era cheia de ruídos. Até aquele momento achávamos que aquela noite seria como todas as outras, voltaríamos da cozinha com bolachas, pães, bananas, frutas. Talvez encontrássemos também alguns pedaços de torresmo, salame, queijo. Nos vitrais alguns santos nos espiavam. Santa Teresa estava estatelada num deles, o olhar perdido no alto, as duas mãos sobre os seios.

Padre Divino ensinara que era sobre o coração que aquela virgem, escritora e santa, punha as mãos. "Nessa ordem", ele enfatizara. "Pois primeiro ela foi virgem, a seguir, escritora e, enfim, santa." Padre Divino sabia cuidar-se das tentações da carne, por isso não nomeava certas partes do corpo feminino. Um dia André escreveu uma composição, como então era chamada a redação, um trecho onde aparecia a frase "as pernas da Teresa d'Ávila". Padre Divino chamou André à frente da classe e admoestou: "Nunca mais escreva assim, ouviu? De Santa Tereza não se fala deste modo, ouviu bem? Nenhuma Santa tem pernas. Estou sendo claro?" Antes que André respondesse, concordando com tudo, um gaiato disse, numa voz fininha, lá do fundo da classe: "André, seu bobalhão, você nem sabe que Santa Tereza não tem pernas, que ela é, como direi, perneta?" "Perneta das duas pernas", disse outro. Mas quando padre Divino se dirigiu ao fundo da classe, não pôde mais descobrir os "safados que proferiram tamanhas blasfêmias" e, por isso, aquela tarde ficamos sem merenda. Todos nós. Porque ninguém quis entregar os blasfemadores.

Afora essas recomendações, padre Divino era uma pessoa que nos ensinava muitas outras boas coisas. Bom em geografia, bom em teologia moral, sabia explicar-nos vários temas de outras disciplinas também. História, por exemplo. Foi o primeiro professor que nos ensinou direitinho a invasão de Cartago pelos romanos, sua destruição, a força dos exércitos de Cipião. Com ele aprendemos também como fizera Aníbal para atravessar os Alpes, com aquela estupenda "elefantaria". Além do mais, quando tratava dos grandes personagens históricos, padre Divino gostava de divagar sobre psicologias e comportamentos. Devassava a alma de Pompeu em sua intimidade, não se limitando a apresentar-nos as grandiosas aparências daquele general romano. Explicava-nos as guerras púnicas, tanto a primeira quanto a segunda. Estávamos no ginásio, alguns pais falavam mal da Igreja, outros, reprovavam o ensino dos padres, seus métodos, que consideravam anacrônicos. Uma coisa, porém, era incontestável: recebíamos o melhor dos ensinos.

Hoje, aquele menino que habita dentro de mim recorda sua antiga escola, aqueles padres-professores, e reflete com perplexidade: são pouquíssimos os meninos que sabem alguma coisa, por pequena que seja, acerca de Pompeu, o general romano que pronunciou a frase "Navegar é preciso, viver não é preciso", bem antes de Fernando Pessoa e Caetano Veloso.

Padre Divino nos explicava também que as histórias das guerras haviam sido escritas pelos vencedores e que, por isso, era necessário desconfiar dos relatos. Por volta dos doze anos de idade, sabíamos todos nós que todas as guerras, tendo sido narradas de um modo, na verdade aconteceram de outro.

Era chegada, porém, a hora de cuidar do estômago. E lá íamos nós para a cozinha. Loyola seguira na frente. Parei diante do vitral que sempre me impressionava: o de Santa Teresa d'Ávila. Havia muitas diferenças entre mim e aquela santa. Será que Teresa um dia teria tido coragem de roubar alimentos da cozinha de seu convento? Mesmo respeitando a santa, sendo muito diferente de mim, eu deveria esquecê-la, pois lembrá-la era lembrar de tia Vina. Tia Vina era uma tentação em minha memória de menino. Além do mais, voltavam outras lembranças, como a do passado de minha tia mais querida que, uma vez revelado, resultou em sua expulsão de nossa casa e de mais motivos para que eu fosse posto logo no seminário. E todos lá em casa faziam o possível e, sobretudo o impossível, para que sua memória fosse esquecida. Santa Teresa d'Ávila no vitral! Eu deveria esquecer muitas coisas e era ainda tão pequeno e tão pouco sabia deste mundo e dos amores infelizes. Um dia, nas férias, tia Vina esteve lá em casa e eu fui proibido de vê-la, mas não de ouvi-la e muito menos de cheirá-la. Jamais esquecerei aquele dia. A tia na sala e eu num dos quartos escutando sua conversa com nossa mãe. "Ele vai ser padre?" "Vai e é melhor você nem pensar nele ou nisso." Sozinho naquele quarto, penso hoje que pensei naquele dia que dali por diante toda mulher a quem eu amasse e que me amasse verdadeiramente deveria me abandonar. Se não fosse ela a sair de minha vida, seria eu a sair da vida dela. E como sempre acontecia comigo, um pedaço de texto iluminava naquele escuro: "Deus diz: quem me procura, encontra; quem me encontra, conhece; quem me conhece, ama; quem me ama, é amado por mim; quem é amado por mim, é destruído." Eram palavras de um sábio do século IX, Sidna Ali. Sábio era aquele que sabia saborear, que conhecia sabores. E ali estavam nos vitrais Santa Maria Madalena e Santa Teresa d'Ávila, além de Santa Tia Vina, não mais sufocada com um pau na mão, mexendo polenta, mas asfixiada no meu coração.

Eu gostava os santos pecadores. Como Santo Agostinho, que errara pela vida, tivera seus amores e se arrependera, assumindo seu madalenismo. E Maria Madalena, então, tão bonitinha: foi lá esperar Jesus à porta do sepulcro, a única que acreditou que ele iria ressuscitar! Ela, sim, sabia das coisas. Por levar a vida que levava, intuía que tudo se transformava. Que de uma hora para a outra, se no corpo tudo muda, por que não na alma e no mundo? E se na carne as mudanças rápidas podem ser vistas, por que não haveria uma ressurreição dos mortos? Aliás, Jesus ressuscitado adorava carne, peixe, pão, todas as comidas. Onde chegava, chegava com uma fome danada. E ia comendo com os discípulos, como fez como os de Emaús. E será que os ressuscitados tinham outras fomes, aquelas despertadas pelas tentações da carne? Santo Agostinho, mesmo tendo de cuidar dos trezentos sacramentos da Igreja naqueles anos, encontrava tempo para resolver questões como essa: "A queda não melhorou nada. Por isso, também o gozo será melhor depois da morte.". No céu, deve ter procurado Santa Maria Madalena, que deveria ser a minha protetora, a minha santa-madrinha. Será que Padre Divino aprovaria?

Deixando para trás os santos dos vitrais, dirigimo-nos a um corredor que nos levava à escadaria. O dormitório era no segundo andar. Lá embaixo estava a cozinha, atrás da qual ficava a despensa, ambas no final do refeitório.

Com cuidado, pulamos as janelas internas. O escuro não nos amedrontava muito. Aquele era um caminho conhecido mesmo, de verdade, tínhamos medo apenas dos mortos, recentes, cujas lembranças porventura estivessem frescas em nossa imaginação. Ainda assim, todas as noites percorríamos aqueles mesmos ínvios caminhos, ainda não aplainados pela patrola do Senhor e, por isso, cheio de outeiros, elevações e colinas.

A surpresa começou do seguinte modo. Delatados por algum colega, éramos, agora, presas fáceis de padre Divino. Postado ao lado da lata de bolachas, ele trocara de lugar os vasilhames, de modo que Loyola meteu as mãos no meio daquele doce mole de abóbora, retirou com medo e limpou-as no pijama.

Neste exato momento, padre Divino acendeu a luz e disse em voz alta, grave e lúgubre, parecendo o corvo do poema de Edgar Allan Poe, que sempre dizia "Nunca mais, nunca mais": "Boa noite".

Loyola, com as mãos sujas e o pijama todo lambuzado, perplexo, só teve tempo de dizer: "Não *foi* eu!". Padre Divino estava de batina preta e eu tentava pular a janelinha da despensa, carregando um braçado de banana, ele me puxava pelas pernas, Loyola começou a chorar por causa do tremendo susto que levara, ajoelhou-se, fez o sinal-da-cruz e lambuzou ainda mais a testa, os ombros e o peito. Padre Divino só me dizia: "Mas que menino atrevido é você, volta aqui, seu safado." Enfim, depois de muito esforço, padre Divino nos dominou. Não havia muita raiva em seu olhar, mas eu percebia que ele se irritara muito com nossa insubordinação. Não pelo ato transgressor em si, mas porque havíamos abusado de sua confiança. E isso ele não suportava. Não nos vigiara, confiando em nós, e havíamos tido um comportamento que para ele era traição. Afinal, cansado, com sono, obrigara-se a ficar de tocaia na despensa, esperando que caíssemos na armadilha, mas ao mesmo tempo torcendo para que os gêmeos não tivessem razão. Padre Divino não se dava bem com meninos delatores. Seu pai estivera nos cárceres de Hitler durante a Segunda Guerra Mundial, delatado por um vizinho.

Segurando-nos firmemente pelas mãos, levou-nos ao dormitório. Santa Teresa mostrava mais uma vez sua indiferença e passividade para conosco. Não dera aviso algum quando eu me retirara do dormitório em busca de lanches que não eram só para mim e agora mantinha a mesma indiferença quando eu voltava fracassado.

Algumas semanas antes eu havia lido um livro que examinava a maldade congênita de objetos inanimados, como uma mesa, uma cadeira, um móvel, enfim, que se param diante de nós, no meio de nosso caminho, esperando, assim, inertes, que demos uma canelada neles. E então deliciam-se com nosso infortúnio, manifestando essa satisfação através de dois expedientes usuais: nada fazem para prevenir-nos do desastre e mantêm-se indiferentes depois das caneladas, impassíveis frente a dores tão incômodas. E Santa Teresa era parceira desses móveis e de outras santas nessa questão, pois, quando passei diante dela no vitral, ostentava a mesma cara de preocupada apenas consigo mesma.

Loyola era conduzido pela mão esquerda do padre. Chorava muito, não tanto de arrependimento – eu o conhecia muito bem e sabia que na próxima ele seria nosso companheiro outra vez –, mas de susto, o medão que teve quando aquela figura toda de preto acendera a luz e dissera boa noite!

Padre Divino, aproveitando que, assim choroso, Loyola nada escutava, centralizou suas admoestações em minha pessoinha. "Você é um grande safado! Você vai todas as noites roubar comida. Você está sempre aprontando! Você não come nas refeições, é preciso forçá-lo a comer um pouco, como é que, quando chega a noite, dá esta fome toda em você? Você acha que os mandamentos da lei de Deus são só para os de fora? São para nós também, ouviu? A gula é um grande pecado, um pecado capital."

Os outros foram acordados e nós dois fomos apresentados à execração pública no meio da noite. Quando todos se levantaram e responderam à chamada do padre Divino com o clássico "fala, Senhor, que o teu servo escuta", uma sombra nublou minh'alma. Muitos daqueles que ali estavam de pé, imóveis, também indiferentes à nossa situação constrangedora, haviam sido beneficiários de nossos roubos. Fiquei com uma raiva instantânea deles, mais do que do padre, de quem, aliás, eu não tinha raiva nenhuma. Eu admirava o padre Divino, aprendia órgão e violino com ele e sabia que pegar a gente era sua obrigação. Tanto quanto ensinar música ou religião. Mas meu maior ressentimento era de quem nos havia entregado. Quem teria contado a padre Divino? Logo depois da admoestação pública, quando já estava quase dormindo, André foi pé ante pé à beira de minha cama e disse baixinho: "O Deodoro e o Floriano. Foram eles.". "Como é que você sabe?" perguntei, também cochichando. "Eles foram para a rouparia, assim que você e o Loyola saíram, ficaram lá conversando e rindo, esperando o desfecho, certos de que padre Divino não estava mais no dormitório."

André me abraçou e voltou para sua cama. Faltava pouco para a meia-noite, depois chegariam as ditas horas mortas. Uma coruja piou. Perdi o sono. Minha vontade era de ir lá esgoelar os dois gêmeos. Por mais que me esforçasse não podia atinar com os motivos da delação. Justo aqueles dois! Quantas vezes tinham comido das bananas e bolachas que trouxéramos? Que grande ingratidão! Veio-me à cabeça aquela passagem dos evangelhos sobre a ingratidão. Jesus cura dez leprosos e apenas um volta para agradecer ao mestre pela cura. Por que os gêmeos haviam nos entregado? Perguntas e dúvidas grasnavam dentro de mim, como os gansos do Capitólio romano. Mas onde e, sobretudo, em quem estava o perigo?

Tomei o livro "proibido" que estava escondido sob o colchão e me encaminhei para o banheiro. Estava quase terminando *A Idade da Razão*, de Jean-Paul Sartre. Já quase no finzinho do romance, Mathieu dizia de Daniel: "Será isso a liberdade? Ele agiu, agora não pode mais voltar atrás; deve parecer-lhe estranho sentir atrás de si um ato desconhecido, que ele já quase não compreende e que vai transformar-lhe a vida. Eu, tudo o que faço, faço para nada; dir-se-ia que me roubam as consequências de meus atos, tudo se passa como se eu pudesse sempre voltar atrás. Não sei o que não daria para cometer um ato irremediável.". Mas aquele, assim como muitos outros incidentes, que pareciam não ter conserto, não era um ato irremediável.

No outro dia fomos acordados pela música violenta de Berlioz. O dia começava de supetão. Ou, como dizia Semprebom, de "chupetão". Achávamos muito engraçado o Semprebom dizer: "Fulano chegou de chupetão." Agora que ele havia sido expulso, vinham à nossa lembrança certas expressões de nosso amigo organista, a boa memória de seus atos, o travo de alguma recordação muito querida. Semprebom era, de repente, como no poema de Drummond, um retrato na parede. Eram boas as lembranças dele, a sua memória, mas doía não ter mais conosco um sujeito de tanto talento, que sabia tirar do órgão as mais belas músicas e canções. E, além de tudo, tinha a audácia de alterar as letras para mudar o sentido dos cantos e nos divertir naquelas horas graves, por certo muito sérias, mas difíceis de aguentar. De joelhos na capela – eis nosso maior castigo! Bom era correr ou brincar. Ler, embora uma atividade imóvel, nos levava a viajar. Tanto as disciplinas obrigatórias quanto as leituras livres sempre nos ofereciam coisas novas. Na capela, não. Ali tudo se repetia. Os gestos, as orações, as leituras, os cantos, tudo uma monotonia insuportável. A menos quando era missa solene, presidida pelo bispo diocesano, rodeado de padres.

Berlioz continuava com sua música furiosa nos alto-falantes do dormitório. Estávamos na correria de todos os dias. Arrumar a cama, vestir-se, fazer as abluções matinais, todas eram tarefas regidas em ritmo próprio, e da vida a gente ainda sabia muito pouco, apesar de nossas leituras e músicas.

Encontrei Kiko com os olhos vermelhos, mas logo estava sorrindo porque Luciano tomara um banho danado em mais uma que lhe aprontaram enquanto ele escovava os dentes. Todos sabiam que ele tinha o costume de voar para uma aterrissagem em sua cama, a alguns passos. Alguém, que nunca se soube quem, encheu uma bacia d'água e a cobriu com um cobertor e um lençol. Ele deu o costumeiro pulo-voo, que chamava de "peixinho", e caiu de barriga sobre a bacia espalhando água por todo lado.

Um dos gêmeos dormia na cama vizinha, e, sendo muito preguiçoso, esforçava-se para dormir mais um pouquinho. Acordou com água fria no rosto e partiu para cima de Luciano. No entrever, sobrou para o gêmeo manso que, no afã de apartar aquela briga, levou um direto no olho.

Padre Divino veio verificar o que houve. Ânimos serenados, ouvi o padre dizer baixinho: "O danado deste menino só pensa em vingança.". André me olhou de soslaio, sorrindo. "À sorrelfa", foi o modo como ele me olhou. Um dia, numa aula, eu não soubera o significado de "à sorrelfa". Mas à sorrelfa, sorrindo, era ainda melhor. Loyola apontou para os gêmeos, rindo a mais não poder. Quando todos pararam de rir, André deu uma risadinha final e soltou um pequeno pum, que saiu apertado, assobiando. Kiko perguntou: "Quer vender o violino?". Aquilo tudo deflagrou um riso novo em todos nós, que perdurou por várias horas. Era só alguém olhar para o André para lembrar do seu pum e começar a rir outra vez.

Descemos para capela. Rezamos. Os cantos foram acompanhados pela música do organista interino. "Ainda que eu falasse todas as línguas do universo, se não tivesse amor seria como um sino sem badalo", dizia São Paulo na epístola daquele dia. Na verdade, não se expressava exatamente assim, mas afirmava que, sem amor, ato nenhum valia nada.

Depois das orações, tomamos nosso costumeiro café. Pão de milho, manteiga, *schmier*, espécie de geleia feita nas colônias alemãs do sul do Brasil, café com leite, que já vinha misturado num grande bule, servido mesa a mesa.

Terminando o café, fomos caminhar um pouquinho. O sol ia passando do vermelho para o amarelo-ouro, o dia estava azul, era ainda muito cedo. Terminando nosso passeio matinal, com as barras das calças um pouco úmidas por causa do orvalho da grama, fomos para as salas de aula.

Nossa primeira aula era de latim. Padre Germano, que nada sabia da noite anterior ou que parecia não saber ou que fingia não saber, estranhou um pouco alguns comentários e risos restantes. Como sempre fazia, começou sua aula com um provérbio latino: "*Unum os habemus ad loquendum, sed duos oculos ad videndum et duas aures ad audiendum.*"

Começamos a tentar a tradução. Vários meninos erraram em insólita cooperação: uns erraram a primeira frase; outros a segunda; outros ainda, todas elas. A certa altura, padre Germano exclamou: "Mas, Floriano, você não sabe nem quantas frases temos no provérbio!".

Quando parecia que ninguém fosse acertar. Loyola levantou o braço, como sempre se fazia para pedir a palavra ao professor, e, fixando num dos gêmeos seus olhos ainda vermelhos pelo misto de choro e riso, falou limpidamente, ainda que com uma voz que lembrava um tom leve de resfriado: "Temos uma boca para falar, mas dois olhos para ver e duas orelhas para ouvir.". Depois completou baixinho, olhando bem para os gêmeos, que sentavam perto dele: "Mas vocês dois têm quatro bocas, uma orelha só e quatro olhos, seus arregalados, suas vacas atoladas no brejo. Por que, em vez de delatar os colegas, não estudam mais, ignorantes!" "Quem disse que fomos nós?" Perguntou Deodoro. "Só pode ter sido o André", disse Floriano. "Mas que é que é isso?" admoestou padre Germano. "Eu é que estava ensinando a esses pulhas uma verdade interessante, padre Germano." "Mas, Loyola", respondeu o padre "só porque você sabe latim e eles não, eles são pulhas, menino?" "Não é por isso, padre Germano", eu atalhei, "que o Loyola está brabo com esses dois". A classe inteira sabia que eu sabia o que todos sabiam e que, talvez, agora falasse, dizendo o verdadeiro motivo da raiva de Loyola, isto é, a delação de que nós dois fôramos vítimas.

Eu ia mesmo dizer, até alguns segundos antes eu estivera à beira de dizer: "Eles são uns delatores, padre Germano." Nós todos sabíamos que padre Germano tinha lutado na Segunda Guerra Mundial e tinha caído prisioneiro dos alemães porque um soldado italiano, além de negociar a própria irmã, tinha entregado o pelotão. Padre Germano ficara traumatizado desde aquele episódio com o terrível problema da delação. Mas achei que era dar muita importância àqueles dois e mudei o rumo da minha conversa. "É o seguinte", eu disse com certa pachorra: "Esses dois soltam uns puns fedidos e ficam aí com cara de que não foram eles. E isso ninguém mais aguenta. A gente até acha que algumas vezes esses dois enchem as calças, porque não é possível tanto fedor!"

Passei a saborear o espanto nos semblantes dos gêmeos e a perplexidade e as gargalhadas de todos. Saboreei também os pedidos de silêncio de padre Germano.

Demorou um bocado para que a aula pudesse ser retomada. Padre Germano deu-nos o seguinte texto para passar para o latim. "Terminada a construção da ponte, levou César as suas tropas para além do Reno. Junto da ponte deixou uma forte guarnição e marchou com os sicambros. Estes, porém, a conselho de seus amigos deixaram o seu território e esconderam-se nas florestas. César incendiou todas as suas aldeias e todos os seus povoados e voltou ao Reno. Pois os suevos tinham feito um conselho de guerra e concentrado suas tropas por toda a parte. Sabendo disso, César resolveu voltar à Gália e demoliu a ponte, depois de ter levado as tropas para além do Reno."

"É fácil", eu disse, para irritar um pouco mais os gêmeos. "A gente verte para a voz passiva o fato secundário." "E qual é o fato secundário, aqui?" perguntou padre Germano. "O incêndio das aldeias", eu disse, "pois o principal é que César voltou para o Reno." "Então, como fica?" quis saber o nosso professor, quase uma provocação. "Incendiadas as aldeias, voltou César para o Reno", eu disse. Padre Germano era justo e disse: "Muito bem. Podem começar o exercício." Loyola e eu estávamos de almas lavadas. E à noite, quem sabe, poderíamos tentar uma excursão à despensa por outros caminhos. Segui o exercício. Mas não gostava muito de traduções de guerras. Preferia histórias de amor, ainda que trágicas, como a de Marco Antônio e Cleópatra VII, ou, interrompidas, como a de Cleópatra VII e Otávio. O suicídio daquela mulher, deixando-se picar por uma cobra venenosa, me comovia. Que mulher mais corajosa! Aquele dia, porém, devíamos trabalhar sobre textos de guerra-sem-amor, pois o grande César não namorava tanto. A menos que fosse muito discreto e contido e nada quisesse revelar. Afinal, era um grande general, que lutava e escrevia, fazendo muito bem as duas coisas. Das duas famosas armas do grande César, a espada e a palavra, de acordo com os ensinamentos que recebíamos, a mais forte e duradoura era a segunda. Também a mais devastadora, segundo Vílson, o das leituras interessantíssimas.

Estávamos fazendo o exercício quando Loyola passou um bilhetinho: "O padre Germano está coçando o saco.". O bilhete ia passando de mão em mão e todos podiam notar que nosso professor de latim, com as duas mãos metidas nos bolsos da batina branca, coçava a urticária, olhando ao longe, muito embevecido, sem se preocupar com nada.

Antes de recolher os exercícios, padre Germano concluiu sua aula com uma citação literária, como sempre fazia. "No caderno que vão me entregar escrevam este verso de Ovídio, que está na *Ars amatoria*: *meminerunt omnia amantes*. Escrever também é uma boa forma de lembrar, de evitar o esquecimento, que é um modo que temos de morrer."

"Como?", perguntou Kiko. "Esta é a tradução?" "Não", explicou Loyola, didático (ele sabia ensinar certas coisas difíceis com uma simplicidade impressionante): "*Ars amatorias* é o título do livro, arte de amar; você deve traduzir de trás para frente, Kiko." "Como assim?" "Ué, como sempre. Os amantes tudo esquecem." "Esquecem, Loyola?" "Ah, é, não é esquecem, é recordam."

Percebendo que colávamos, padre Germano falou: "Não precisam apegar-se ao literal. O significado é mais importante: os amantes não se esquecem de nada."

3

CUIDADO COM AS REPRESAS!

"Aconteceu-me a mim a princípio que, na minha ignorância, não sabia que Deus estava em todas as coisas. Os que não tinham letras me diziam que estava presente só pela graça. Um grande letrado da Ordem do glorioso São Domingos tirou-me dessa dúvida, dizendo-me como estava presente e se comunicava a nós."

Com o rosto coberto de espinhas, sentimentos desarrumados e meu coração, sempre complicado depois dos sonhos, acordei junto com os outros, pontualmente às cinco e dez da manhã, como ocorria todos os dias, pois uma linda música encheu o dormitório e os 263 meninos que ali dormiam começaram a levantar-se. O arranjo musical de Jaroff para *A Lenda dos Doze Ladrões* encheu de sons aquela nova manhã, quando tudo começava outra vez, sempre com uma trilha musical diferente de acordo com a dieta musical imposta por padre Divino, que aprovávamos. Aprovação tão óbvia vinha do fato de nada conhecermos de música clássica, mas de algum modo tínhamos o nosso próprio gosto, seguindo as lições de padre Divino, que sabia nos seduzir. À hora de deitar, ele falava cinco minutos sobre o clássico que ouviríamos no outro dia, ao despertar.

A *Lenda dos Doze Ladrões* era, além do mais, cantada por um coro masculino da "Real Sociedade Coral Maestreechter Starr", regido por Martin Koekelkoren. Nomes difíceis de pronunciar, mas o padre explicava que precisávamos aprender aqueles nomes porque referiam pessoas que haviam trabalhado muito para trazer suas músicas até nós.

E para eles nossos nomes também seriam estranhos. Música e vozes naquela manhã. Vozes mais graves que as nossas, que adolescíamos.

Havia uma ponta de melancolia na *Lenda*... Desde essa época, eu já pressentia os acontecimentos algumas horas antes de ocorrerem, como se fosse datado de um radar psíquico que me advertisse e avisasse. Algo triste estaria por acontecer justo naquele dia? Padre Divino ensinava que eu devia combater esses sentimentos, ou pressentimentos, e ficar tranquilo porque o Senhor em sua infinita onipotência, sabedoria e misericórdia, queria o bem de seus filhos. As tristezas tinham sua função e de nada serviria perder o tempo a prevê-las ou curti-las antes de ocorrerem. Bastava o efeito devastador da tristeza quando ela desabava sobre nós. Nada, pois, de esticar esse tempo.

Eu já estava escovando os dentes quando a "Grande Orquestra da Rádio Alemã" entrou com a *Serenata* de Drigo e na faixa seguinte, quando um órgão melodioso e ainda tristonho executava o *Annchen Von Tharau*, de Silcher, eu já tinha tirado o pijama e me vestia. No exato momento em que fechei o botão número dois do paletó, entrou o violino de *Czardas*, de Monti. Arrumei o armário ao lado da cama, tirei de lá os meus sapatos, guardei os chinelos, escondi o romance *O seminarista*, de Bernardo de Guimarães, que somente os meninos da divisão dos maiores podiam ler.

Vílson, líder dos maiores, me emprestara este e muitos outros livros proibidos, alguns de poesia, como *O Elixir do Pajé*, do mesmo autor de *O seminarista*, cheio de licenciosidades e erotismos, segundo as vituperações de padre Divino.

No exato momento em que amarrava o cadarço do sapato esquerdo – aquela fração da manhã era toda cronometrada – entrou *Vortnjanski*, num arranjo de P. Struijk, cantado pelo Coro Masculino de Westlands, que punha ainda mais tristeza no conhecido *Ich bete an die macht der Liebe*. Era um amor arrastado aquele.

Tomei o pequeno espelho que estava na gaveta do armário, contemplei meu cabelo cortado rente, um menino com ar de assustado me espiava no fundo daquele vidro. Meus olhos pretos, meu rosto cheio de sombras, meu complicado coração. Onde andava tia Vina, eu sabia; mas o que estaria fazendo justamente àquela hora? Certamente dormindo entre seus lençóis quentinhos, bem longe dali. Eu devia combater as tentações. Para mim, reunidas numa só tia Vina. Mas mamãe queria que eu fosse padre. Meu pai, que em tudo concordava com ela, sorria sempre satisfeito com o sonho que ela, usando doces astúcias de mãe, me impusesse.

Sabíamos que o banho matinal, frio e saudável, fora substituído naquela manhã por mais música, já que ao fim da tarde terminaríamos as estudas por volta das quatro e meia para nadar na represa, depois de passados oitenta minutos do café da tarde. Padre Divino ensinara que em oitenta minutos aquele pedaço de milho com mel de abelha e a xícara de café não atrapalhariam mais a natação. Teriam tomado o rumo próprio, nos sinuosos caminhos por dentro da gente, e nadaríamos sem nenhum medo. Sem nenhum medo, ele repetia, porque havia entre nós os medrosos, por demais vulneráveis às recomendações maternas. E havia também os simples – a maioria, certamente – para quem qualquer explicação era complicada, e que levavam semanas, às vezes meses, para entender uma coisa muito singela.

Mas era com os simples que o Senhor contava, como contara com Pedro, ignorante pescador. E os Evangelhos reiteravam em toda oportunidade que o Senhor abominava os soberbos, olhava com desconfiança para quem era ilustrado e, ao contrário, procurava os simples, os plebeus, as prostitutas. "Prostitutas também?", espantou-se um dia André. "Sim, mas não para o que você está pensando", disse padre Divino. André corou. Como é que padre Divino adivinhava o que ele, em segredo dentro de sua cabeça, imaginava?

Descemos. A ordem do dia estava ligeiramente alterada. Rezaríamos depois de vinte minutos de leitura. Seria leitura livre, isto é, não precisaríamos ler algum livro especialmente recomendado pelos superiores ou estudar matéria de aula. Leríamos qualquer livro que cada um de nós escolhesse na biblioteca. Dos alto-falantes dos corredores, no térreo, onde ficavam as salas de estudo, ouvimos em sequência *A Força do Destino*, de Verdi, o *Sonho de Amor*, de Lizst, tendo ao piano Alexander Uninski; *Auf! Auf Mein Hertz, mit Freuden*, de J. S. Bach, tendo Simon C. Jansen, no órgão; e, para terminar aqueles vinte minutos, viriam Rubistein com sua *Melodia em Fá, opus 3, nº l*, acompanhada pela orquestra sinfônica da Rádio de Leipizig, e Grieg, com *A Dança de Anitra*, pela Orquestra Sinfônica de Viena.

Loyola, ao ouvir essas indicações, sempre me perguntava: "Por que será que as orquestras escolhidas são sempre da Europa, com nomes tão

para padre Divino, olhava para Kiko, éramos todos olhos. E o tempo estava congelado, aguardando a hora fatal.

Em casa, nossos pais nos advertiam dos perigos da água. Mas, ironicamente, nosso primeiro e grande problema fora resolvido pela água. Um poderoso da região brigou com o Senhor Bispo e tocou fogo no seminário. Ao menos um de nós morreria queimado aquela noite, não fosse o que padre Divino chamava de providência divina.

Guilhermino estava muito doente, com febre, o fogo foi-se alastrando e ele, ardendo num delírio, não soubera sentir o perigo. Foi salvo por quatro de nós que, estando já no pátio reunidos, contemplando a fumaceira toda que se erguia, fomos disparados por aquela lembrança de que Guilhermino estava na enfermaria.

Quando chegamos, o fogo já rondava o enfermo. Não foi fácil tirá-lo dali. Éramos pequenos, magros, e Guilhermino era gordo e pesado. Mas logo ele estava salvo para morrer dali a algumas semanas, não se sabia do quê. Ele fora sempre muito pálido, sofria de amarelão. O que seria amarelão? Padre Divino nos explicava que o povo, não sabendo dar nomes científicos às coisas, ia denominando pelas aparências. Amarelão era uma deficiência crônica de todo tipo de vitaminas.

Meninos, em geral, não morriam de doença nenhuma. Meninos morriam ao caírem de algum caminhão, onde se encarapitavam; atropelados por automóveis, furados pelas guampas de algum touro bravo na colônia ou nas pequenas fazendas; ou, então, de alguma infecção provinda dessas peraltices comuns da idade. Morrer assim, de febre, na cama, sem causa definida, não. Mas Guilhermino morreu. Morreu num dia frio, sem fogo nenhum, na calma de um hospital. O médico não soubera diagnosticar sua doença e assegurara a padre Divino que não era falta de vitaminas.

As mesmas águas, entretanto, que um dia haviam salvado todos nós, agora ameaçavam André e padre Divino. Apertávamos as mãos, alguns se agachavam e apertavam também as pernas, outros, mais delicados, viravam-se, para não ver o perigo que aqueles três enfrentavam. Padre Divino nadava, Kiko corria. E André já se ia, nada mais se podia fazer, alguns de nós já chorávamos, outros berravam, todos estavam com muito medo e sabiam que dali sairia o pior.

Em algumas frações de segundos, ditos centésimos de tempo, André parou. Um instante de nada, de um nadazinho qualquer, um milésimo: agora se media o tempo em partes minúsculas.

Primeiro foram as mãos que não mais apareceram sobre as águas, depois os pés e as pernas, e, por fim, a cabeça e o corpo afundaram numa golfada profunda das águas. Kiko arfava à beira do canal, as mãos para a frente, tremendo, perigando desabar naquele precipício rente à sua esquerda. O bom Kiko esperava um André que demorava muito a vir. Nunca mais viria, nós somente o veríamos espatifar-se contra a pedrona? Por que André? Por que ele, o Andrezinho, tão amigo de todos nós, deveria morrer daquele modo? Nosso pretinho tão querido, sempre divertido, diligente e estudioso, iria morrer agora no meio de todos nós? A vida era rápida para os meninos. A morte também?

Nossa esperança estava em padre Divino que já beirava as espumas do canal em seu nado desesperado. Se André aparecesse sobre as águas, devolvido por elas em sua fúria, padre Divino alcançaria o menino um instante antes da morte e faria retomar o trilho da vida, ali bem nas margens onde estávamos. Transformar a hóstia em corpo de Cristo, e o vinho em seu sangue, não era muito mais improvável? Todos ali esperávamos um milagre que permitisse a padre Divino salvar Andrezinho.

Quando nossas esperanças caminhavam para o desperdício geral, para onde tantas outras tinham ido, André apareceu no bojo de umas águas espumantes que o atiravam com força rumo à pedrona onde ele morreria esmagado.

Os braços firmes e fortes de Kiko estavam, porém, atentos e o bom e grandão Kiko deu o bote certeiro e pegou André. Pensando apanhá-lo pelos braços ou pelo pescoço, só pôde segurá-lo por um pé. A cara de André e todo o corpo já haviam passado por Kiko em direção à morte certa, mas o pé, não. E André foi salvo. Nossa respiração presa à boca, exalou-se coletiva e solidária.

Alívio geral que durou outra fração de segundo, porque não havia outro Kiko e, então, atrás de André, o corpo pesado de padre Divino passou atrapalhado, envolto em tantas roupas, batendo forte na pedrona.

Aquele dia começara com serenatas cheias de toda melancolia, mas apesar de tantos pressentimentos, eu nunca poderia imaginar que aquele seria o dia da morte de um padre. Ninguém de nós, aliás, achava que padre morria. Nunca tínhamos ido ao velório de um padre e agora faríamos nossa estreia no velório do padre que mais amávamos, que nos ensinava música, a ouvi-la, a apreciá-la, a tocar instrumentos, a deslindar nas coisas numa linguagem de sons, sem palavras.

Sem palavras ficamos todos nós.

4

AS PALAVRAS ESCRITAS VIVEM PARA SEMPRE

> "O que é união, já se sabe: é de duas coisas distintas fazer-se uma."

O velório de padre Divino foi a maior festa daquele seminário. Não me entendam mal. Ninguém estava comemorando a sua morte. Ao contrário, os meninos compareceram quase todos chorosos. Mas o padre-reitor, que aquele dia substituiu padre Divino, conduzindo-nos ao dormitório, recomendou-nos que vestíssemos nossos ternos de gala e descêssemos para o grande salão.

O bispo celebrou missa solene inesquecível, ajudado por vários padres, uns da cúria, outros do próprio seminário. Cantos melodiosos reboaram pelo recinto, fazendo vibrar os vitrais das janelas. Foi a única noite clara em todos os anos que ali vivemos. Na madrugada do dia seguinte, alternando turmas, fizemos as abluções matinais costumeiras, ainda que levemente alteradas, e voltamos à capela para as últimas encomendações da alma de padre Divino.

O enterro saiu da capela e tomou o caminho das arvorezinhas. Uma carroça preta e verde, puxada por dois cavalos, um preto e um branco, levava o caixão. Todos seguíamos a pé. O cemitério ficava a três mil metros dali.

Na volta, cansados como nunca em toda a nossa vida de meninos, fomos conduzidos ao dormitório tão logo chegamos. Coube ao padre-reitor suprimir a ordem do dia. Mandou apenas que antes de deitarmo-nos rezássemos uma ave-maria pela alma de padre Divino, pois assim encurtaríamos um pouco as chamas do purgatório que àquela hora deveriam estar extinguindo seus pecados veniais. "Veniais", fez questão de frisar. "Padre Divino era um santo homem!"

Seguiram-se dias cheios de comentários. E agora que a memória já me trai um pouco, não sei definir com clareza em que momento passou a circular entre nós a ideia de que padre Divino tinha alguns segredos, um dos quais era um livro inédito que escrevera sobre a vida de Teresa d'Ávila.

"Mas ele falou pouco dela", disse Kiko. "A gente escreve sobre o que não pode falar", disse André, o que fora salvo das águas. "Quem ensinou isso a você?" perguntou Loyola. "Padre Divino. Um dia eu estava me confessando com ele e ele me disse: 'Esses pecados que você tem medo de contar, escreva todos eles e quando voltar para confessar-se, apenas me mostre'." "Para você também?" admirou-se Loyola. "E para mim também", disse Kiko.

Logo ficamos sabendo que padre Divino dera a mesma liberdade para todos nós. Não se interessava por nossos vícios solitários. E para aliviar-nos da angústia de narrar sempre as mesmas coisas, ele, que também tinha sido menino, sabia entender-nos e nos liberava da estranha obrigação.

Aquele costume piedoso de padre Divino, evitando nossos constrangimentos, tinha explicação no texto inédito que deixara. Ao escrever seu livro sobre Teresa d'Ávila, tratara das forças do sexo, do desejo e do amor com naturalidade. Foi Vílson quem descobriu o manuscrito do padre morto. De todos nós era o mais interessado por livros e por isso o padre-reitor mandou que fosse arrumar as estantes e gavetas de padre Divino, antes de a família vir buscar suas coisas. Os parentes demoraram a buscar livros, papéis e objetos pessoais do falecido. Correu notícia de que ficaram vários dias brigando entre eles porque o padre era muito pobre e nada lhes deixara.

Enquanto eles não vinham, Vílson ia lendo para nós o texto inédito. Não para todos. Apenas para Loyola, Kiko, Andrezinho, Tomás e eu. Era nos eucaliptos que nos escondíamos à hora do recreio. Os outros, que se entretinham a jogar bola, faziam má ideia de nós. "Acho que o Vílson descobriu a versão integral do *Elixir do Pajé* e agora todas as tardes lê uns pedaços para a sua turma", disse um os gêmeos. A gente nunca podia afirmar com clareza qual dos dois era um, qual era o outro.

"Hoje vou ler apenas o primeiro capítulo", disse Vílson. "Prestem atenção e não me interrompam. Eu nem posso demorar muito. Vai que o padre-reitor descobre e vem ver o que eu estou lendo. Serei obrigado a devolver sem terminar."

"Está bom", concordamos todos nós. E Vílson começou a ler. Parecia que padre Divino não tinha morrido, porque sua voz estava ali nas palavras de Vílson, falando por ele. Mas ao mesmo tempo era outro o padre que falava, quase irreconhecível.

"A história se passa na Espanha", disse Vílson. "Na cidade de Ávila."

Naqueles dias e nos que se seguiram, Vílson leu para nosso pequeno grupo o original que padre Divino deixara inédito e que para nós passou a ser conhecido como o manuscrito do morto. Enfeixados numa cartolina creme, estavam os originais do livro que segue. Na capa, ao alto, estava escrito em vermelho: Pedras com febre. No meio da cartolina, em letras pretas e miudinhas: romance para teatro. E logo abaixo o nome do autor: Padre Divino Mann.

PARTE II

O MANUSCRITO DO MORTO

"L'Amor che muove il Sole e l'altre stelle."

(Dante, *A divina comédia*, Paraíso,
canto 33, última estrofe).

PEDRAS COM FEBRE

ROMANCE PARA TEATRO

PADRE DIVINO MANN

1

ELA SENTE NO PEITO UMAS LABAREDAS QUE A CONSOMEM

> "Sentirei sempre uma barreira entre o santuário da minha alma e a alma dos outros."
>
> Leon Tolstói, *Ana Karenina*

Os últimos quarenta anos nos trouxeram grandes novidades. Vencemos os mouros, expulsamos os judeus, domamos o mar e fomos descobrir novas terras do outro lado do mundo. Todas as lembranças destes feitos gloriosos ainda estão fresquinhas na memória do povo. Como bálsamo para uns, como salmoura para outros.

Por isso, aqui em Ávila, como em toda a Espanha, os reis católicos, em sinistras parcerias, querem corrigir tudo: a história, a geografia, a religião, o mar, a natureza, os costumes. Somos uma cidade sem mar. Afora, pois, o oceano, todos os outros elementos estão sujeitos aos mesmos decretos amedrontadores afixados em lugares públicos, principalmente nas igrejas. Ninguém pode alegar ignorância das ordens reais. Além dos editos que a todos apavoram, os governantes arrancaram uma brutal obediência da sociedade, que os admira pelos altos feitos que quase todos lhes creditam.

Os insubmissos são poucos e estão sob controle, onde quer que vivam. Todos são católicos. Quem não era, já morreu ou foi expulso do reino. A fé e o terror nos uniram de modo a formarmos um povo corajoso e doido, mas coeso e obediente ao redor das cortes, das igrejas, dos claustros. A autoridade emana diretamente de Deus sobre as cabeças coroadas pela Santa Sé. Ainda assim, nosso rei não está subordinado a ninguém neste mundo, nem mesmo ao papa, de quem está ao lado, nem abaixo, nem acima.

A sagração teve sua rede de metáforas. Todos ali presentes sabiam que a Igreja cumpria ordens de outras casas europeias. Formamos um grande colegiado, onde nem o poder religioso impõe-se ao político, nem este àquele. Governamos o mundo em parceria. Se não podemos contrariar Roma, é certo que Roma também nada faz sem consultar-nos. Derrubado foi o Império Romano, não a Igreja. Ela elevou-se dos escombros muito mais forte do que antes.

É verdade que ao norte os seguidores de Lutero dividiram nossos domínios. Mas na América recuperamos todo o terreno perdido na Europa. O Novo Mundo é nosso. Para cada católico perdido para os protestantes, nossas ordens religiosas conseguiram cem gentios dispostos a aceitar a nossa fé. Caso também entre eles surjam alguns recalcitrantes, e o Evangelho, que deve entrar pelos olhos e os ouvidos, não seja suficiente para amolecer seus corações, usamos outros recursos e, em último caso, o bacamarte. Antes morto, que herege. Chegam os judeus que já nos deram e dão ainda tantas aflições e trabalhos!

Sabe de tudo isso a moça bonita que agora acorda, afasta os cabelos pretos, por trás dos quais se escondem encantadores e sagazes olhos negros, deixa a cama onde dorme, caminha em direção a uma varanda, toma um jarro d'água e vai lavar o rosto pela última vez na casa paterna. Faz tudo com cuidado para não denunciar seu plano, concebido há muitos meses, mas que somente hoje pode ser posto em prática.

As mãos pequenas contrastam com a largura das faces que vão recebendo a água da bacia. Sua beleza dispensa tantas diligências, mas, ainda assim, ela, sempre vaidosa das graças com que a natureza a presenteia, depois de lavar o rosto, volta ao quarto, tira a camisola, põe um vestido, arruma o cabelo e começa o dia dispensando bons tratos ao rosto e passando sobre a pele uns perfumes. Quando a casa acordar e der por sua falta, estarão nesse ambiente apenas seus vestígios, ela estará em outro lugar, dando os primeiros passos para fazer da vida o que quer.

Toma, então, a mala e o saco onde na véspera enfiou algumas mudas de roupa e objetos pessoais, destranca a porta e sente no rosto o cheiro bom do começo do dia. Nem bem começa a caminhar, volta-se para lançar sobre a casa paterna o seu último olhar. Nasceu ali, há vinte anos, e ali viveu alegrias e tristezas memoráveis. Perspicaz e intuitiva, lamenta agora não ter imaginado, em seu último aniversário, que o próximo ela comemoraria em outro lugar. Feito isso, toma o rumo de uma das saídas das muralhas, passando em frente à catedral, que fica à sua direita, onde para um pouco a contemplar uns pássaros pretos buliçosos que voam ao redor das torres. Dobra outra vez à direita e momentos depois deixa para trás a cidade e as muralhas.

No convento para onde se dirige, o cenário é outro. Estendidos nas paredes, lençóis manchados de sangue realizam outras pequenas auroras em cada cela. Porém, o amanhecer de verdade é lá fora. Está começando a manhã de um dia qualquer de novembro de 1535. Vários sinos anunciam o amanhecer. Entre tantos sons, sobressaem as badaladas dos carrilhões da catedral. Em seguida, soa também o sino do campanário do convento. Logo depois a madre superiora, batendo uma sineta, percorre o longo corredor que separa as celas. A cidade de Ávila, como de costume, acorda cedo. Mas as carmelitas não podem saber o que lá agora se passa, porque seu convento fica fora da cidade encastelada, a algumas centenas de metros daquelas muralhas protetoras.

A madre abre a porta da frente para ver se não há alguma criança abandonada. Às vezes, as pobrezinhas nem têm força para chorar, quando não morrem congeladas ou feridas por cachorros. A maternidade de que as monjas abdicaram causa tristes transtornos a muitas outras moças. Cabe às mulheres carregar o fardo mais pesado das paixões. A gravidez, insuportável para mulheres solteiras, resulta nesses órfãos que depois ainda serão motivo de graves insinuações às virtudes das monjas.

Mas nessa manhã, em vez de um bebê abandonado num cesto, como fruta indesejada, está uma moça. "O que você quer, minha filha?" "Tudo", diz a moça. A madre fixa na recém-chegada um olhar de espanto. "Você foi abandonada por seu noivo?" "Eu não tenho noivo", diz a moça. "Seu pai expulsou você de casa?" "O contrário do que a senhora está dizendo, madre", diz, agora sorrindo, a moça. "Você está grávida?", pergunta a superiora. "Jamais homem algum me conheceu", responde a moça. "Filha, eu não estou entendendo nada." "Nem eu. Sinto no peito umas labaredas que me consomem. Não sou mais dona de mim e preciso descobrir o que se passa comigo. Acho que o meu lugar é aqui, neste convento." "Filha, fale a verdade: você fugiu de casa?" "Sim e não. Meu pai não quer que eu venha para cá. Sempre que toco no assunto, ele evita discordar de mim, mas sei que, caso lhe fosse dado tempo de planejar, não aprovaria meu projeto de ser carmelita." "Mas, então, o que quer que eu faça? Contra a vontade de seu pai nada pode ser feito." "Quando a senhora lhe comunicar que eu estou aqui, ele, que me conhece, saberá que eu jamais voltarei. Não vou renunciar a meu sonho, madre. Não sou de desistir de nada e não estou fazendo nada sem pensar."

A moça fala com firmeza na voz, ainda que cheia de toda doçura. *Fortiter in re, suaviter in modo* – firmes, os objetivos; delicados, os modos de alcançá-los – como tantas vezes lembrou-lhe seu pai, citando famosos versos de Horácio, ainda que seu comportamento sempre negasse o preceito latino. Fixa na superiora uns olhos cativantes, meigos, porém seguros. "Bom, você veio", diz a madre. "Então, entre para podermos conversar sobre este caminho que, segundo você, não tem mais volta."

Os primeiros ruídos da manhã chegam ao convento de Encarnación. Algumas monjas cantam salmos ao som de uma espécie de viola. Na capela, uma delas toca um órgão melodioso tido como a maior riqueza do claustro. Além dos sinos, ouve-se também o arrulho de algumas pombas que, com a pontualidade própria dos pássaros, muito mais delicada que a dos sinos, que parte o tempo em fragmentos exagerados, vêm avisar que um novo dia acaba de começar. A música que se espalha pelo convento é de uma suavidade extraordinária e espelha os cuidados de si que têm as mocinhas e mulheres que ali convivem.

Faz bem a esta madre, que agora vemos desconcertada e perplexa, essa primeira conversa da manhã. Para a visitante, que ainda não é sua filha, a noite interrompeu grandes coisas. As outras, já suas filhas, têm a unidade dos pássaros e, à semelhança deles, todos os dias levantam refeitas e com a alegria do dia anterior recuperada. Silenciosas e solitárias, como os que voam estiveram quando não estavam voando, isto é, a noite que passou, terão mantido o costume de apreciar voos alheios antes de dormir, para assim aproveitar a memória da espécie que quer, não apenas repetir os mesmos cantos de sempre, por mais maviosos que sejam, mas inventar novos modos de cantar. Fazem isso com as rezas que recitam à beira do sono todas as noites. Fazem isso com o que escrevem para reter o que não pode ser confiado apenas às lembranças naturais, talvez por influências dos ofícios do claustro.

Fazem isso com os livros que leem, para aprender com quem voou antes, ainda que na noite escura.

A superiora contempla a mocinha que chegou. Quem é esta mulher, cuja formosura é tão evidente e que mostra alguns pedaços do corpo fora das compridas roupas que veste, que espremem suas formas como que para reunir o que de noite se extraviou, o corpo todo partido? Este novo sonho é diurno, o da unidade, e sem ela o mundo todo ficará enlouquecido. A moça segue murmurando algumas palavras. Ela e a madre, mônadas isoladas em seus casulos, buscam recompor-se.

A superiora e a moça seguem conversando. Esta, mais ouve do que fala. A madre explica-lhe a regra das carmelitas. A moça vai concordando com tudo. Por enquanto. Sua vida de monja está apenas começando. Todo começo é complacente. Quem está começando parece sempre concordar em submeter-se às orientações de quem já começou há mais tempo, como é o caso da madre que fala quase sem parar. Quem começa precisa ter o dom do silêncio. Quem ensina os iniciantes precisa ter o dom da fala. Mas entre as duas mulheres que agora conversam está havendo curiosa partilha de silêncios e palavras.

"Um dia, quando era pequena, fugi de casa com um de meus irmãos, nós dois queríamos morrer nas mãos dos mouros. O martírio era o que mais queríamos, para logo deixarmos este mundo e irmos para o céu." "E você voltou para casa depois que fugiu?" "Na verdade, não. Um tio nosso nos encontrou a centenas de metros daqui e nos trouxe de volta. Crianças não vão muito longe quando caminham." "Questão de ponto de vista. Foi seu tio quem os encontrou logo. Não sabemos o que aconteceria com vocês se ele demorasse a achá-los." "Que sabedoria a sua, madre! Bem pensado."

A superiora recebe as coisas que a moça trouxe e vai ordenando às monjas e noviças que as arrumem no convento. Indica uma cela que a moça vai dividir com algumas colegas. Ainda não há celas individuais em Encarnación. Somente a madre tem uma cela só para ela.

"Então, você queria sofrer nas mãos dos infiéis?" pergunta-lhe uma de suas colegas quando a novata já está instalada na cela que lhe coube. "Veja você os meus sonhos de criança! Se bem que nunca se sabe onde se vai sofrer mais. Se nas mãos dos mouros, se neste convento." Uma das monjas acha graça e dá uma gostosa risada, que reboa pela cela. A moça pede desculpas pelo humor: "Eu sou assim, vocês verão."

"Os mouros não incomodam mais ninguém. Foram vencidos definitivamente em Granada. Agora temos medo é dos judeus", diz outra de suas colegas de cela. "Vencidos ou vencedores, todos são filhos de Deus", diz a moça. "Mesmo os infiéis?" "Mesmo eles. Que culpa têm de ainda não saberem que Deus é um só?" "Mas sabem. Só que o deus deles é outro. É Alá." "E o profeta deles também é outro. Em vez de Jesus, Maomé." "Também os judeus têm um único deus. E, ainda que tenham muitos profetas, há um que paira sobre todos os outros. O Maomé deles é Moisés." "Não, não, não", diz uma outra que ainda não entrara na conversa e ficara olhando admirada para a que chegara. "Moisés veio primeiro." "Mas se vamos olhar por esses lados, Jesus veio depois de Moisés. Então, os judeus é que estão certos." "Me diz uma coisa", pergunta uma delas: "por que em nosso país três grandes religiões, todas com um único Deus, brigam tanto?" "Para mostrar que o único de cada uma delas não é o único das outras duas." "Judeus e mouros estão errados. Quem está certo somos nós. Por isso, estamos vencendo."

"Você sabe que o nome desta aqui é Remédios?", pergunta uma noviça segurando outra pelo braço. "Remédio para quem?" "Remédios, eu disse." "Ah, então, não é um só o remédio que ela dá." "Ela não dá." "Vende, então?" "Empresta, às vezes; cede; o remédio que ela tem, quando o dá, torna-se remédio para ela também." "Sabe, esta aqui debocha de meu nome. Foi meu pai quem me chamou assim: Maria dos Remédios." "Os remédios podem ser para o corpo ou para a alma", diz a novata, "e ninguém deve tomar remédios se não estiver doente." "Aqui todas estão doentes, mas, de nós todas, a piorzinha é esta aqui. Seu pai a trouxe para cá para evitar que casasse com quem ele não queria. Mas parece que os dois pombinhos já tinham tentado dar uma casadinha antes de ela vir para cá. O pai apenas atalhou um caminho já em parte percorrido." "Você viu como são? Aqui todas falam mal umas das outras. Você, que acabou de chegar, que se prepare para tudo, também para sofrer na boca das colegas." "Tenho a vida inteira para me preparar." "Parece muito tempo, mas às vezes é pouco." "Deus me dará o tempo que for necessário." "Quem sempre termina as conversas referindo Deus é a madre. Você quer ser madre?"

A moça não responde. Olha a cada uma das colegas e convida-as a rearrumar a cela coletiva, mostrando como ficaria melhor se as camas fossem postas de outro modo e as arcas de roupas em outros cantos.

Quando estão mudando os móveis, toca a sineta chamando para as próximas orações. "Eu ainda não sei o seu nome", diz uma noviça. "O meu nome é Teresa", diz a recém-chegada tomando uma cruz, de uns quarenta centímetros, que acabou de tirar dentre suas coisas, de onde pende um Jesus todo ensanguentado. "Teresa de quê?" "Teresa de Jesus", diz a moça, abraçando o crucifixo. "Este Cristo está todo coberto de sangue. Todos os outros estão sem sangue algum na cruz e este que trouxeste está todo respingado. Quem o pintou assim?" "O nome do artista não interessa", diz Teresa, "o que interessa é o que ele fez." "Sim, mas alguém o fez. E fez diferente dos outros. Justo será que a obra memore o nome de quem a criou." "E quem crucifixou Jesus?" "Os judeus. Não. Foi Pôncio Pilatos." "Pôncio Pilatos?", espanta-se Teresa. "Foi Pôncio Pilatos quem pegou martelo e prego e pregou Jesus à cruz?" "Claro que não. Foram soldados romanos." "Como se chamavam eles?", pergunta Teresa. "Isso não sabemos. Os livros só registram o nome de quem mandou." "Pois é. Mas quem fez este crucifixo e desenhou este Cristo, que só falta se queixar do que fizeram com ele, não mandou ninguém cortar a madeira ou nela esculpir o corpo do Redentor. O mundo inteiro está cheio de artistas assim. Ninguém sabe seus nomes, mas todos os dias, em algum lugar, alguém constrói um crucifixo, um santo ou uma santa, sem fazer questão de assumir a autoria", conclui Teresa. A outra não contém no olhar certa admiração pelo que acabou de ouvir dos lábios desta que já chega lhe trazendo luzes. "Mas Teresa de Jesus é seu nome? De que família você é?" "Da família dele." "Teresa! Você sabe o que eu quis perguntar." "E você sabe o que eu não quis responder. Bom, até atravessar a porta eu era Ahumada e Cepeda. Você sabe, a gente vem sempre de dois. Mas agora, de Jesus."

Remédios tem certeza de que acabou de encontrar uma amiga em quem pode confiar.

2

AO VIVO, DA AMÉRICA

> "It was wonderful to find America, but it would have been more wonderful to miss it."
>
> Mark Twain

Fim de tarde. João, andando ao léu, chega à Ermida Nossa Senhora das Vacas, erguida na pracinha de mesmo nome ainda no século XV. Dois sinos mudos no alto do campanário. Os sinos batem em horas precisas e seus sinais são entendidos por todos. Festa? Doença? Velório? Tempestade que se aproxima? Os sinos avisam de tudo.

Uma mulher está sentada à entrada da ermida, já fechada. A seus pés está deitado um cachorro triste. Uns moleques debocham da mulher. De repente ela começa a falar numa voz grave e lúgubre. Os meninos saem correndo. A mulher se levanta e desce a ladeira perseguindo os meninos. O cachorro, indeciso, lança para João um olhar comovido, tristonho, de quem a segue compulsoriamente. Houvesse um exorcista nas imediações e já expulsaria o Demônio do corpo daquela mulher de voz tão grossa.

João desce alguns passos e entra na taberna do Canário, identificada por uma tábua rústica onde está desenhado o pássaro. Pede uma porção de *riñones* e um copo de vinho. A taberna é pequena. Há cinco mesas, quatro delas vazias. A outra é ocupada pelo dono e um cliente que estão jogando baralho aos berros. Há torresmo e diversas frituras à mostra. João adora torresmo, mas não torresmo com outras frituras, combinação fatal para seu fígado. Chegam duas mulheres. Entram e olham para João, sem se importar com os outros dois. Ele é a única novidade ali. São agora cinco fregueses. "Já vai começar", diz o dono. E puxa uma cortina atrás da qual está improvisado um pequeno palco. As duas mulheres abrem seus sorrisos de gente que se contenta com pouco.

"O mundo jamais foi o mesmo depois das descobertas marítimas de Cristóvão Colombo." O ator preparara dias e dias uma frase bombástica. Saiu-lhe esta. "Hoje, além de mostrar as miniaturas das caravelas, entrevistaremos o marinheiro Raimundo Carreiro dos Mares, que conversou com alguns dos descobertos. Faça de conta que estamos na América."

O ator que começou se dirige a Raimundo, que tem o ar espantado dos profetas: "Como é que você chegou lá?" "Bem, eu estava numa caravela chamada Elisabete." "Elisabete Niña?" "Isso mesmo. A caravela era espanhola, muito embora o comandante fosse um português chamado Manoel Pinto Ribeiro do Sol." "Como foi a viagem?" "Boa. Elisabete chegou à América em bom estado, apesar das tormentas. Descemos e fomos recebidos por uns – como direi? – seres esquisitos, bem diferentes de nós, que falavam estranhos conversares."

"Mas você é marujo ou linguista?" "Todo marujo é um pouco linguista, do contrário se perde nas novas terras que descobre." "E você se perdeu?" "Sim, porque não sou nem um pouco linguista." "Os que são linguistas tampouco teriam se achado." "Ah, sim? E por quê?" "Porque aqui em Espanha os linguistas não estudam línguas desconhecidas". "Ah, não? E por quê?" "Porque seus professores acham que eles não aprenderiam. Assim, ensinam o que eles já sabem. Fica mais fácil de obter as verbas com as cortes. E, de todo modo, as línguas estranhas as ordens religiosas aprendem e depois nos ensinam. Mas deixemos isso de lado."

"Peraí, peraí", diz o marujo. "Então não precisamos de universidades, só de ordens religiosas?" "Sábia conclusão para um marujo. Porém, se forem universidades católicas..." "Daí só haverão de ensinar numa direção." "Mas aí temos os hereges, que sempre nos salvam. Bom, mas deixemos de teologias. Queremos saber da navegação." "Assim que desci em terra, foi me dando um tesão desgraçado. E meus companheiros começaram a rir de mim." "Por quê?" "Porque a natureza não me fez muito avantajado e os silvícolas tinham cada mastro que vou lhe contar!"

"À semelhança das mulheres, não estou interessado no tamanho de seus mastros, e sim nos mastros das caravelas. De todo modo, registre-se que você é o primeiro espanhol a admitir o que outros jamais admitiriam. Falamos de teologia, falamos de navegação, seja qual for o assunto, de onde estamos ao sexo é um pulinho. Mas como foi o primeiro contato?" "Uma das mulheres veio me apalpar." "Não acho!" "Pois é! Assim que encontrou o que procurava entre minhas pernas, me chamou de Caramuru."

"Bom, isto é mentira, é claro!" "Sim, isto é mentira. Ela não me chamou de Caramuru." "Sim, claro, pois sabemos que Caramuru é o nome que eles dão às potestades, como os raios e os trovões. Ou a peixes grandes e lisos, recém-saídos da água. E você, tendo – como direi? – órgão pequeno, como já admitiu..." "Admiti, não; proclamei. Espécie de contrapropaganda, ainda que saiba que as mulheres gostem de humildade." "Umidade?" "Não. Humildade. Ainda que de umidade elas também gostem. Mas escuta aqui, a gente só vai falar de sexo?"

"Não. Vamos falar da América. Lá na América havia papagaio?" "Sim, muitos, todos verdes no lombo e amarelos na barriga. E falavam muito. O padre que estava conosco ensinou um deles a rezar a ave-maria. A ave aprendeu antes dos índios." "Índios? Vocês foram à Índia?" "Não, mas os portugueses começaram a chamá-los de índios. Você sabe como são os portugueses! Os silvícolas não são índios, mas eles os chamam assim porque a primeira vez que lá chegaram pensaram que tinham chegado à Índia." "Sim, mas por que nós, os espanhóis, temos que imitar os portugueses sempre?" "Não, imitar, não. É que eles chegaram primeiro e foram dando nomes às coisas, às gentes, à paisagem." "Os portugueses chegaram primeiro? Mas isso todo mundo sabe?" "Não. Aí é que está a sutileza portuguesa. Descobriram tudo e trataram logo de fazer uns tratados dividindo o que porventura fosse descoberto. Mas já tinham descoberto tudo o que queriam. Todos os outros jogaram no escuro: mercadores, navegadores, a Espanha inteira e inclusive a Santa Sé. Somente os portugueses sabiam que estavam fazendo um tratado sobre terras que apenas eles conheciam!"

"Mais alguma coisa interessante lá na América?" "Sim, as mulheres, que são muito bonitas e estão sempre limpinhas. Elas são a mais bela paisagem. É verdade que alguns preferiram catar coquinhos, olhar palmeiras, escutar o sabiá e outras aves que cantam lá melhor do que cá." "E o mar?" "O mar é lindo, o nobre oceano. (Começa a cantar) O mar é lindo, a noite é bela, desfralda a vela, remar, remar." "E durante a viagem, o que vocês comeram?" "No começo, frutas, carnes, queijos. Depois, ratos. O cozinheiro sabia fazer uns ratos deliciosos!"

"Aqui se falou que vocês comeram também carne humana." "Ah, sim! Mas isso só uma vez por semana. Porque o morto logo estragava e tinha que ser jogado ao mar." "Mas por que estava morto este morto que vocês comiam? Não era morto de doença feia ou peste, era?" "Não, claro que não. Era morto matado. Um vigia meio gordinho que, bêbado, caiu do mastro, tinha uma carne muito saborosa. Não sabemos quem o empurrou. O cozinheiro fez primeiro as fressuras. Mas os ossos também davam um bom gosto aos caldos. Num motim morreram três num dia. Tivemos uma semana e tanto! Mas um era muito velho e dele só aproveitamos os ossos para dar gosto à comida." "Só havia homens na frota?" "Sim, mas é claro que nessas viagens alguns homens sempre se tornam mulheres. Ou por bem ou por mal."

A pequena plateia aplaude os atores improvisados, quase todos bêbados. O dono sai e volta com mais *riñones*. Atores e plateia juntam-se agora à roda de uma mesa grande. "Vocês inventaram o que dizer na hora ou tinham preparado antes as falas?" pergunta o dono da taberna. "Nós queríamos homenagear uns amigos. E o João sempre diz que vai escrever uma peça sobre a descoberta da América. Diz sempre e nunca escreve. Então resolvemos improvisar." "Mas se escrever como vocês falaram, a peça não poderá ser representada e muito menos impressa."

"É. Tem isso. Parece que andam cada vez mais desconfiados de todos, inclusive das ordens religiosas. No convento de Encarnación andaram revistando os livros que as monjas leem. Encontraram também diários e outras anotações que as monjas fazem. Coisas leves. Mas os visitadores se interessaram mais pelos rascunhos de uma certa Teresa." "Teresa de quê?" "Parece que se trata da filha daquele sujeito de Toledo que veio morar aqui há muitos anos. Tinha um passado cheio de mistérios." "Quem falou?" "Sabe como é o povo nesses assuntos. Ninguém sabe quem falou. Mas falou-se que ele tinha sangue judeu." "E o documento de pureza de sangue? Dizem que ele tem um atestado de que não é o que desconfiam que ele possa ser." "Então. Parece que foi falsificado."

Logo está anoitecendo. João acaba de encontrar outro bom motivo para continuar sem nada escrever. Despede-se dos companheiros e toma o rumo da casa. Mora sozinho e isso já é suficiente para que o povo desconfie de tudo o que pensa ou faz.

Não vai logo para casa. Antes passa à janela onde alguém espera seu sinal, dá a tossida combinada. Logo receberá companhia, mas precisa tomar todas as cautelas antes de dirigir-se à casa onde os dois pretendem representar um dos atos mais importantes de suas vidas.

3

MONÓLOGO DO INQUISIDOR: NOSSO INIMIGO TROCOU DE LUGAR

> "O sleep! O gentle sleep! Nature's soft nurse, how have I frightened thee./That thou no more wilt weigh my eyelids down,/ and steep my senses in forgetfulness?"
>
> (Ó sono! Ó delicado sono! Suave enfermeiro da natureza! Eu te assustei tanto que não podes vir fechar meus olhos e levar meus sentidos para o esquecimento?)
>
> Shakespeare, *Henrique IV*

Noite de vento. Batem portas e janelas. Há um certo desespero nas árvores que se retorcem, movendo as sombras numa espécie de dança ao redor de suas figuras. Ouvem-se ao longe latidos de cães. No quintal da cúria, sete gatos pretos rodeiam uma gata branca que veio comemorar o cio justamente nos domínios do senhor bispo.

O ramo verde à porta da taberna, vizinha à cúria, indica que o local é frequentado por mulheres de reputação duvidosa cujo comportamento lembra o instinto da natureza que leva os gatos a emitirem esse coro desafinado e assustador, enchendo a noite de barulhos. Uma das rameiras, como são conhecidas, está sendo amassada por um bêbado que agora se despede na maior bolinação. Levantando de vez em quando os olhos do papel onde agora escreve, o bispo observa a noite por uma das janelas da cúria.

Essas cenas e os uivos da ventania desarrumam sentimentos e ideias de dom Anselmo, encarregado pelo Santo Ofício de preparar o processo de Teresa e que agora, em seu triste costume de estar só, está escrevendo no meio da noite. De vez em quando, para acentuar suas temeridades, o fantasma da última mulher que interrogou – uma acusada de sodomia, que morreu no garrote vil – passa por janelas e portas e vem perturbá-lo ainda mais.

Dom Anselmo jamais pôde esquecer a derradeira imagem daquela mulher, com os olhos esbugalhados, os cabelos revoltos como pelos de ouriço, que soltou um último grito em forma de grunhido desesperado, não mais da boca, mas das entranhas. Pensara que em seu desespero a vítima tinha lançado sobre seu rosto o último protesto. Mas não. Aí está ela em seu fantasma, voltando para vingar-se, certamente instruída e conduzida pelo Príncipe das Trevas, sempre tão à vontade em seu habitat natural, a noite.

A imagem daquela moribunda, de tão amargas lembranças, marcou a alma de dom Anselmo como breu. À hora de sua morte, o inquisidor sentiu uma vontade, que a muito custo conteve, de saltar sobre a mulher, afrouxar o garrotilho, jogá-la de bruços e praticar com ela todas as obscenidades lidas no processo que tanto o excitara. Mas, passados aqueles dias de tanta perturbação, até para si mesmo tem agora grande dificuldade de admitir o impulso louco que o acometeu na confusão daquelas horas.

Quando ela pendeu a cabeça para o lado esquerdo – que Deus o perdoasse de tão insólita comparação – pareceu-lhe a do Senhor pendendo no madeiro, no gesto terrível que mexeu até mesmo com o véu do templo, rasgado de alto a baixo na hora grave da mais famosa de todas as sextas-feiras da História.

A questão dos gêneros sempre martela a alma de dom Anselmo, constituindo-se numa de suas principais dúvidas teológicas. A imagem de uma crucificada traz-lhe à mente uma mistura de encantamento e susto. A nudez das estátuas pagãs foi quase sempre evitada na iconografia cristã. Michelangelo está fazendo escola em Roma, pintando e esculpindo figuras sagradas com poucas vestes, algumas delas sem roupa nenhuma, como é o caso da estátua de Davi. No teto da capela sistina, o próprio Deus-Pai aparece desnudo. No quadro do juízo final, é a vez do Filho aparecer quase nu, como, aliás, foi retratado na cruz. Pintores e escultores renascentistas costumam despojar de todo disfarce – e a roupa é um dos principais – algumas figuras cristãs. Mas isso vale para o sexo masculino!

Tanto Maria, a mãe de Deus, como as outras santas, aparecem com os corpos bem cobertos. Nem faltam véus para encobrir também cabelos e rostos. Como ficaria uma senhora de seios nus fixada à cruz redentora? Sempre zambaios, estrábicos, oblíquos os seios femininos! Até Vênus, a deusa do amor, ostenta seus peitos delicadamente vesgos e por isso ainda mais luxuriosos, posto que numa sensualidade disfarçada e sutil, própria das mulheres. Será que indicam um outro olhar, nova direção? Por que não vemos um Crucificado de olhos postos em quem o olha? Por que está sempre de olhos baixos, o rosto cheio de sofrimentos, numa solidão absoluta, abandonado até mesmo pelo próprio Pai?

A solidão compulsória nessas horas mortas da noite enche de tormentos e lembranças a alma de dom Anselmo. O bispo quer esquecer terríveis lembranças de sua infância profunda, mas elas sempre voltam, principalmente no meio da noite. Seu pai o abandonou ainda menino para viver com outra mulher. Numas férias de seu tempo de seminário, sua mãe certa vez o corrigiu: "Foi a mim que ele abandonou. Você ficou junto porque era muito pequeno. Se lhe fosse dado escolher, você o acompanharia e eu teria ficado ainda mais sozinha.".

Dona Ana desconfiava da fidelidade de todos os homens, mesmo que ainda não fossem homens feitos, mesmo que se tratasse de seu próprio filho. Não queria nunca mais enganar a si mesma e lamentava não ter descoberto a desilusão antes de seu casamento com Benedito. Benedito para as outras, já que a tendo abandonado com um filho nos braços, lançara sobre ela maldição difícil de ser exorcizada. Ademais, línguas maldosas não deixaram de insinuar – outras ainda mais atrevidas, de afirmar claramente – que o menino era filho de um padre, moreno, baixinho, beiçudo e de torto caminhar, chamado Matosinho, que gostava de proclamar a todos, no púlpito ou nas ruas, uma frase curta e comovente, que, dita aos que se reuniam, no recinto da igreja onde pregava ou nas ruas, era, entretanto, dirigida pessoalmente a cada um: "Deus o ama."

"A mim, Ele ainda não teve o prazer de demonstrar", retrucou um dia um passante. Em vez de permanecer em silêncio para depois denunciar o atrevido, como faziam os outros, Matosinho, surpreendendo a todos, principalmente aquele que discordava daquela verdade fatal, pôs-se a berrar exasperado: "Como não? E a luz de seus olhos, o negro dos seus cabelos, o sangue que corre pelo seu corpo, os ossos que o firmam sobre o chão que pisa para não desabar e se machucar enquanto caminha, a boca que ainda assim profere tamanho impropério, os ouvidos onde semeio essas palavras, o ar que respira com seu nariz, e o próprio nariz, todos os sentidos com os quais você percebe o mundo, quem deu a você todas essas maravilhas? Foi Deus. E você vem dizer que Ele não o ama. Se não o amasse, você poderia ser cego, surdo, mudo, paralítico, careca, ferido, estropiado, de ossos moles, e a vida te seria um fardo difícil de suportar."

Enquanto o padre Matosinho ia dizendo essas palavras – não se sabe se por obra do acaso ou pela mão oculta do Criador que queria retificá-lo –, começou a juntar gente ao seu redor, e entre o grupo que então se ia formando, despontavam figuras exemplares daquela falta do amor de Deus. Um menino esquálido e um cego manco por ele guiado pararam ali pertinho. "Ainda bem que o menino é surdo", disse um velho careca que tinha o costume de percorrer as ruas batendo um cajado nas pedras para mexer com bandos de pássaros pretos que frequentavam os telhados. Uma senhora, toda vestida de preto, tossindo muito e reclamando do vento frio que muito a incomodava, percebendo o espanto do velho andarilho, partilhou com ele a admoestação que Matosinho não podia ouvir: "As mulheres falam de modo diferente do amor de Deus." "Deve ser porque são mães", disse o velho. "Mas se são as carmelitas que eu sempre ouço!" "Deve ser porque não são." "Não são porque não querem", disse um bêbado que estava acompanhando a conversa. "Sou uma verdadeira fábrica de crianças! Me deixem entrar no convento que eu encho aquelas celas de 'monginhos'." "Por que não enche as rameiras de 'rameirinhos'?", perguntou o velho para fechar aquela conversa. "Homem, porque elas não querem!" "E as monjas, por acaso elas querem?" "Elas, não; mas eu, sim. Eu quero ser pai de um padre. Padre é que leva vida boa. Não os meus filhos." Disse isso e se foi afastando, enquanto Matosinho recomeçara a gritar "Deus o ama, Deus o ama, Deus o ama."

Dom Anselmo foi um dos primeiros padres formados antes do Concílio de Trento, quando a preparação dos sacerdotes era menos rígida, o percurso bem mais curto, sem a reclusão que tanto o aflige agora. Depois, para combater os pastores protestantes, a Igreja achou melhor preparar os seus desde a infância. E impôs a solidão também para as crianças. Desde mocinho que a passagem do Gênesis 2:18

não sai de suas lembranças: "Não é bom que o homem esteja só.". Por isso, um dos mistérios que mais mortificam o entendimento de dom Anselmo é a razão de o Senhor, em sua infinita sabedoria, exigir-lhe tanta solidão e nenhuma mulher em sua vida. Pois o bom Deus, quando pronunciou o verso – na Bíblia, chamado de versículo – contra a solidão do homem, imediatamente criou uma mulher para ele.

No dia em que o bispo descobriu essa sutileza teológica, extraída de exegeses informais, obtidas enquanto jogava baralho com um colega, este lhe disse: "Imediatamente, não podemos dizer, dom Anselmo. Imediatamente é medida de tempo. Deus não faz nada imediatamente.". "Sim", retrucara dom Anselmo, "Faz, sim. Os castigos, por exemplo, são fulminantes. Mas você tem razão: no caso da criação da mulher, não esperou que Adão envelhecesse. Ao contrário, todos os padres da Igreja concordam em que o primeiro homem e a primeira mulher que estavam no paraíso eram ambos muito jovens." "Então, foi por isso que não souberam valorizar a herança e logo fizeram um mau negócio justamente com o principal inimigo do Pai." Dom Anselmo apreciava o jogo do baralho pelo nascimento de frases como aquelas.

Mas agora seus pensamentos se voltam para a taberna ali ao lado, bem pertinho da cúria diocesana. O vício tão encostado à virtude, como que a sugerir uma nova aliança. "Venta e anoitece também em minh'alma, ó Senhor", eis um novo salmo que dom Anselmo acrescenta aos tantos outros que costuma recitar quando está mexendo em processos como este que agora lê e ao qual terá de acrescentar outras condenações, pois o que está lendo é insuficiente para condenar a acusada e sempre que algum réu encaminhado ao Inquisidor é absolvido, instala-se uma frustração que logo contagia a comunidade inteira. Com tão poucos espetáculos públicos, os mais destacados são aqueles que a Igreja promove, entre os quais o suplício silencioso dos condenados ou a fogueira pública, que sempre despertam um contentamento incentivado pelas autoridades civis e seculares. Ainda que o garrote vil seja manejado nos cárceres, sempre se dá notícia de quem foi supliciado, informando-se a todos quais eram seus laços familiares, seus amigos, as pessoas de sua relação, aqueles com quem manteve negócios, notícias que geram comentários e servem para espalhar o terror entre o populacho. Inquisidores como dom Anselmo não desconhecem que a grande arma é o medo. É o medo que eles brandem na cara do povo, nos púlpitos como nas ruas.

Quem sofre mais medo: o homem ou a mulher? Dom Anselmo tem suas dúvidas. Interrogar um homem é mais fácil para o bispo inquisidor. As mulheres são sempre tão cheias de artimanhas, algumas das quais providencialmente cedidas pela natureza. Estava em seus dias de mênstruo, a mulher, cujo fantasma agora tanto o perturba, a primeira vez que foi interrogada. Posta em liberdade sob graves recomendações e ameaças, nem assim deixou de reincidir. Adianta proibir alguma coisa a uma mulher apaixonada? Difícil de reconhecer, a mulher apaixonada é pior do que uma fera, como a própria Teresa admitiu. Aquele sangue escorrendo pelas coxas misturava-se ao de outros ferimentos. Além do mais, abatida, ela não se defendia. Sofria, apenas, murmurando palavras desconexas e lançando sobre os homens ao redor um olhar envergonhado, próprio da nudez, mas altivo e cheio de vinganças.

Tempos depois correu notícia de que a mulher não se defendera, na segunda vez que fora interrogada, para poder esconder um amor impossível. Amava um de seus escravos. Se confessasse este amor, os mortos seriam dois. Assim, defendera o amante. Outros, mais imaginosos, asseguravam que uns violadores de túmulos, sabendo da história, tinham desenterrado a vítima e só então percebido que haviam sepultado uma grávida, cujo bebê, de lábios grossos, ainda vivia nutrindo-se do cadáver da mãe. Isso poderia explicar o suicídio de um escravo, ocorrido nos dias seguintes àquelas estranhas revelações. Porém, um médico da corte assegurou que tudo isso era obra do Demônio, já que uma vez morta a mãe, teria que falecer também o rebento que germinava em seu ventre. Os coveiros, entretanto, muito ignorantes, ficavam espalhando essas controvérsias, geradas à noite nos cemitérios e de tanta utilidade para Satanás, o Príncipe das Trevas.

Dom Anselmo credita essas versões à alma do povo espanhol, por demais imaginoso. Mas no fundo do coração os uivos do vento multiplicam seus medos. E o fantasma da mulher que mandou executar lhe parece uma vingança póstuma. Pensou que o último protesto da vítima tinha sido aquele grito medonho, mas não. Está ali seu fantasma silencioso e ainda mais apavorante que seu último grito em vida. A supliciada afirmara, numa de suas queixas, que à falta de solidariedade dos membros da espécie, as coisas passavam a falar por si mesmas, em estranhas linguagens. E aquelas portas e janelas batendo parecem a dom Anselmo a comprovação da estranha tese que tanto procurava combater.

Agora, angustiado e cheio de pavores, dom Anselmo escreve o que vai ler amanhã, diante do colegiado especialmente convocado para tomar conhecimento das acusações formuladas, que agora está revisando. Lê alguns trechos em voz baixa, declama outros, aprimora um adjetivo, encurta uma frase para que tenha mais eficácia.

Mas o drama é na terra. No céu baila uma lua redonda e alegre, driblando as nuvens. No meio da noite, dom Anselmo lê o que escreveu:

"Aquela mulher não fala. Ela cochicha. Tem uma conversa cheia de delicadezas. Cicia lindas palavras de amor – dizem. Ao ouvido do amado, aos seus pés, mas sabem onde? Na casa do amor errado, com o amor errado. Trata Jesus como se fosse seu amante. E o que diz, escreve. Escreve também o que pensa ou diz que ouviu. Ninguém pode negar que sabe escrever, que dá às palavras um sabor delicioso. Por isso, é ainda mais perigosa. Porque cativa, seduz, corrompe. Peca e leva outros a pecarem. Fala do sexo como se fosse uma coisa natural, como se todo mundo tivesse! Chegou a escrever que todos estamos no mundo porque houve um ato amoroso entre nosso pai e nossa mãe.

"Vivemos um tempo de sombras, de noites mal iluminadas, mal dormidas, povoadas de mal-amadas, que querem pecar de qualquer jeito. Uma praga daninha infesta nosso roçado, um capim herético grassa nos campos do Senhor.

"Para atacar e destruir uma gente solerte como essa monja e o frade seu amigo, é preciso a tática adequada. Estamos diante de um inimigo insidioso, que nos rói por dentro como úlcera e quer corrigir (em tom de deboche) nosso lado torto.

"Nossa época vem de um porre de heresias. Houve lutas por todos os cantos da cristandade. Forçoso é reconhecer que, apesar de vitórias retumbantes no campo militar, perdemos batalha decisiva no campo religioso. Vivemos um tempo em que uma só pena tem maior poder do que milhares de espadas. Vencemos os exércitos mouros em Granada, varrendo para fora da Espanha a imundície muçulmana. Feito isso, naquele mesmo ano de 1492 fomos descobrir a América.

"Mas, cinco lustros depois, começamos a perder, em Wittenberg, para as forças de um guerreiro solitário, que lutou contra nós sem espada nenhuma. Usou apenas uma pena. Todo o armamento de que precisava para nos vencer, levava em sua cabeça.

"Mas por que nos derrotou? Porque vacilamos! Lutero deveria ser preso no mesmo dia em que afixou nas portas de sua igreja as suas noventa e cinco teses. Aliás, o melhor teria sido impedir que aquele frade alemão, doido de todos os miolos, escrevesse o que escreveu. Quantos, antes e depois dele, por muito menos, não tiveram a cabeça separada do corpo! Quantos não arderam nas fogueiras por muito menos!

"Todos agora são protestantes. Ficou de bom tom ser luterano, liberalóide. Perdemos. Mas estamos recuperando. O novo mundo está nos dando à base de cem por um. Para cada católico perdido na Europa, ganhamos povos inteiros na América.

"Porém, é aqui que se trava a guerra. É aqui o lugar das batalhas. Nosso inimigo trocou de lugar. Agora age através dos nossos. Querem reformar a Igreja. Estão vendo? A palavra é a mesma do outro. O verbo é o mesmo: REFORMAR!

"Nosso inimigo tem que ser atacado onde ele está. E ele está aqui. No meio de nós. Entre os nossos frades sãos, lá está o maldito João. João da cruz. Pois sim! Cruz é o que ele nos faz carregar todos os dias. E a outra, então? Muito mais perigosa. Cheia de ligações com nobres, com gente influente, alcoviteira, amiga de senhoras respeitáveis.

"Nega o sangue – JUDEU! – que tem. Porque tem. Sabemos que tem. O próprio pai já chegou a Toledo contaminado. Os filhos, pois, têm sangue impuro. O mal que Teresa nos traz, traz no próprio sangue. Derramamos nosso sangue nas guerras, usando o que temos de mais puro como detergente, para limpar a desordem e a imundície do mundo. E a família dela, com sangue impuro, contaminado de veneno mortal, consegue, em trambiques daqui e dali, forjando documentos e falsos atestados, comprar a sã doutrina. Meu Deus, a que tempos chegamos: um contaminado compra – COMPRA! – o direito de enganar os cristãos. E compra para quê? Para atuar intramuros. O frade e a monja não passam de cavalos! Aquela Teresa é uma potranca. Uma égua. Uma égua-soror. Soror Égua-de-Tróia.

"Além do mais, a monja é ambiciosa. Ela não deixa por menos. Diz que vê o inferno. Diz que vê Nosso Senhor Jesus Cristo. Mais do que isso. Diz que fala com ele. Diz mais: que ele fala com ela. Poderíamos interrogar seu confessor. Na verdade, já o fizemos, de um modo sutil. Para ele, ela disse que foi COMO SE tivesse visto o Senhor. Ela é cheia de astúcias, insidiosa, sedutora, ela é FEMININA! Consegue no macio o que nós, homens, obtemos à base de porradas.

"Já interrogamos João uma vez: 'Teresa vê o Senhor Jesus, Frei João?'. Sabe o que o danado do frade disse, para nos confundir e para proteger a amiga? (Imita a voz de João, com trejeitos) 'Teresa jamais me disse que viu Jesus. Apenas sente sua presença. Como alguém no escuro. Você não vê a pessoa. Mas sabe que ela está ali a seu lado.' Ora, isso é coisa de cego. Não vê! Claro que vê. Ou não vê. Vê ou não vê. Claro ou escuro. Luz ou trevas.

"Mas o que João nega, a freira escreve. Está aqui. 'Nem tudo o que é entendido pode ser visto neste mundo. Nem tudo o que é visto, pode ser entendido.' Adiante, dá como exemplo disso a troca de olhares de dois amantes, que se entendem SEM PALAVRAS diante de muitas pessoas que, entretanto, não entendem os dois que tanto se entendem com tão poucos e miúdos sinais.

"A quem Teresa vê no escuro? Nosso Senhor Jesus Cristo não pode ser, não é. É o próprio João. Ou o Demônio. Uma astúcia feminina do Príncipe das Trevas: parecer-se com o Senhor! Travestir-se. Ser outro. Ou melhor: parecer outro!

"Estamos quase sozinhos. A política do reino de Espanha está entregue a um bando de incompetentes. Nem bem Carlos V desapareceu e, em cima da sombra ainda quente do grande imperador, começaram as alucinações deste povo tão sanguíneo, melhor dizendo, sanguinolento. O trono parece vago. O outro está aí. Mas não é Carlos V. É Carlos Nenhum. Não proíbe nada. E quem não proíbe nada, não manda nada. Prisões cheias de desobedientes, burras repletas de impostos arrecadados, exércitos adestrados para a guerra, qualquer que seja ela, dentro ou fora de Espanha, religiosos rezando pelos bons sucessos do rei, povo no seu devido lugar, todos os súditos ocupados, cada em seu ofício – eis o bom reino! O povo deve estar onde sempre esteve.

"Mas com os livros que estão escrevendo, com as coisas que andam dizendo, como manter a ordem? Valdés já fez o rol dos livros proibidos. Muitos deles estão na cela de Teresa. Prendemos o próprio arcebispo, dom Bartolomeu de Carranza. Parecia inatacável. Mas são justamente essas figuras tidas por intocáveis que devemos ameaçar e prender primeiro. Para exemplo e escarmento dos outros.

"Têm outro grande inconveniente todas essas novas ordens religiosas: a esmola. O pobre povo não tem mais o que dar. Frades e freiras pedintes estão às portas das casas todas as manhãs e fins de tarde pedindo, pedindo, pedindo. Vivem dessas esmolas!

"O empobrecimento do povo não é ainda o pior. O pior da esmola que pedem é que repartem os impostos. Constroem um convento aqui, outro ali, outro acolá. Enquanto isso, o reino não tem dinheiro nem para manter as casas de saúde, os leprosários, os orfanatos. Nas guerras, morrem os pais, ficam as crianças. Ficam as mães viúvas. Ficam as mocinhas sem pai, sem noivo, sem namorado. É preciso acolher esta gente toda.

"Temos outra dificuldade. Teresa é bonita. Mais que bonita. Ela é formosa. A madre é bela. Belíssima. É sempre mais difícil proibir o belo. O feio é mais fácil de ser banido. Espanta-se para longe dos olhos aquilo que os olhos não estão vendo, nem querem ver.

"É verdade que ela se disfarça em trajes andrajosos para orientar as subordinadas nos pedidos de esmola. Sabemos, porém, que Teresa é rica. Pede esmolas para disfarçar. O que arrecada não dá para quase nada, a não ser para adestrar as subordinadas, humilhá-las, fazê-las obedecer, desbastar seu orgulho de mocinhas. Na verdade, quem constrói seus conventos é gente rica, muito mais difícil de ser combatida. Teresa é amiga de gente nobre. Como dona Ana de Mendonça, Princesa de Éboli. Pois esta princesa quer que Teresa funde um convento em Pastrana. Um carmelo em Pastrana! Adivinhem de onde virá o dinheiro? A própria princesa já garantiu os recursos.

"Esta história de reformar os conventos não passa de conversa frouxa para bovino cochilar. Dizem que há safadezas por lá. Sempre há. Onde não há? Onde está o homem – E A MULHER! – ali está o pecado. O que não podem é engravidar. Mas que se cuidem, ora! E se acontecer, apelem para as ervas. Um convento cheio de 'monginhos' é que não pode ser! E se os herdeiros não quiserem ser frades, aonde iremos parar?

"Agora, vêm esses dois frades, metidos a REFORMADORES, com uma conversa de vida interior. Vida interior, como? Quem vai saber o que se passa no silêncio de uma cela conventual? Quem pode controlar o que pensa, sente, fala ou escreve um alguém que defende a vida interior? Precisamos de espetáculos públicos. Precisamos mostrar que Igreja e Reino estão unidos num só corpo. Por isso, estamos a postos para punir os discordantes. Quem desafia um de nós, desafia os dois. Inquisidor e Santo Ofício estão separados por meras formalidades. Eles lá não gostam de derramar sangue. Não por medo. Mas por conveniência. E no fim, tudo é metáfora. Podemos evitar o derramamento de sangue. É muito simples. Em vez de decapitar os condenados, nós os enforcamos. Assim se evita essa coisa cruel, crudelíssima, que é o derramamento de sangue."

4

O DESEJO ESTÁ NA BOCA. QUE SAIA PELAS PALAVRAS O QUE ESTÁ DENTRO DE MIM

> "Eu nunca fui amado, e vivo tão sozinho/vives sozinha sempre e nunca foste amada."
>
> Alceu Wamosy, *Duas almas.*

Sozinha na cela. Também Teresa tem o triste costume de estar só. Cada solidão, porém, germina frutos diferentes. Outras mulheres, principalmente se formosas como Teresa, partilham agora suas solidões com homens que dizem amar ou com aqueles por quem são amadas – nem sempre os mesmos.

A cidade de Ávila está protegida entre as muralhas com suas oitenta e oito torres. Lá dentro vivem as famílias mais importantes e talvez aquelas outras mulheres estejam protegidas pelos homens com quem dormem, sejam os que amam ou aqueles por quem são amadas. Mas não Teresa, que aqui fora, na cela do convento, construído fora dos muros protetores, geme de dor, apoiada à beira do catre. Antes de recolher-se, passou na horta e colheu as urtigas que acabou de passar sobre o corpo, para garantir a castidade. Pede a uma das irmãs de cela que a açoite. Abaixou a blusa para que sofra mais. As tiras de couro sobem nas mãos de Soror Remédios, fazendo sombras ameaçadoras nas paredes de pedra. Quando baixam, de sua pele morena saltam pingos de sangue que mancham a colcha branca estendida na parede. Teresa esforça-se por gemer baixinho. Mas na cela ao lado outras noviças cochicham e riem.

A castidade é uma joia rara e ônus doloroso que Teresa deve carregar. Ainda não estão consolidadas as imposições celibatárias impostas pelo Concílio de Trento e por isso as noviças só devem o voto de obediência. E nem todas são pobres. Embora quase todas se vistam como as aldeãs, há algumas entre elas que trazem generosos dotes para o convento e conservam ali suas belas roupas, mobiliários e até mesmo uma criada para os cuidados da cela. São essas que, recostadas em seus leitos, agora riem de Teresa.

São duzentas mulheres sob o mesmo teto, vivendo no mesmo convento, mas de modos diferentes. "Estamos cheias de dívidas", diz uma delas. "Meu pai não vai dar mais dinheiro", diz outra. "Meu tio deu algumas coisas porque estava se livrando de mim", diz outra. "E você se sente bem em fazer o desjejum em xícara de prata enquanto Teresa bebe em xícara de barro?", pergunta uma das que riem menos. "Você não sabe de nada. O que pode saber uma menina de quatorze anos?" "Uma menina de quatorze anos não pode saber, mas pode sentir." "Ah, sim, isto é o que você faz mais. Porém, vá se preparando para hibernar. Parece que doravante vão exigir que para entrar no convento é preciso ter a idade mínima de dezesseis anos." "Eu espero aqui", disse a outra. "É bom. Assim, quem sabe, você pode ajudar a pagar com sua virgindade as dívidas contraídas pelas irmãs mais velhas." "Ninguém nos dá nada. Apenas uns pães que jogam por aquela portinha. Teresa já fez a conta: tocam cento e quinze gramas de pão por dia para cada uma daquelas que nada têm." "E o leite e o mel do desjejum? Brotam dos intocados seios que não são amados? Pois tenha certeza de que você dará a nossos credores muito mais do que eles nos deram. Bom, dependendo de quem venha fazer a cobrança, também eu posso dar."

Teresa continua com suas mortificações. Ninguém a protege de nada. Precisa elevar-se daqui onde está. Até mesmo o ambiente do claustro conspira contra as virtudes que quer cultivar. Esta mulher quer elevar-se bem acima desses montes onde está a cidade que habita.

Um dia, não agora, todos poderão saber que o caminho para o alto já foi começado quando escolheram este sítio para aqui edificar Ávila. Mil cento e vinte e sete metros de altitude – esta medida um dia será possível estabelecer neste mundo que ora renasce quantificado, medido, com vistas a ser melhor controlado por quem nele quer mandar mais, aumentando e aperfeiçoando os instrumentos de domínio.

Tudo muda na terra, posto que lentamente. Mas os homens demoram ainda mais para transformar seus modos de viver. Até o nome da cidade mudou muito até chegar os tempos de Teresa. Um dia esta cidade foi chamada Obila. Seu nascimento deu-se uns seiscentos anos depois do Dilúvio. A descendência de Noé já se espalhara por muitas regiões e veio plantar suas vinhas também aqui, pois aqui também iluminava o céu o arco da aliança que Deus estabelecera com o velho patriarca, ainda que através de um ditado. As cláusulas foram todas impostas pelo Criador. A Noé coubera apenas dizer sim. Seus filhos e filhas, porém, logo aprenderam a dizer não, como desde tempos imemoriais acontece em todas as famílias do mundo. Obila depois se transformou em Ávila, nome da mãe de Alcides, filho de Hércules. Outros nomes estiveram no caminho entre Obila e Ávila. Gregos e romanos anteriores a Cristo conheceram a vila como Abulóbrica. Nos escritos de São Jerônimo, a localidade aparece, ora como Abula, ora como Oliba ou Obila. Nos Concílios de Toledo, o nome muda outra vez para Abela e Avela, conforme o escrivão. Também os significados etimológicos de seu nome são controvertidos. Para uns, é monte baixo, matagal, brenha. Para outros é monte alto, fim do caminho, confim do mundo.

Apesar de sua aparência de eternidade, de coisas que já nasceram prontas e acabadas, Ávila foi obra dos séculos e dos homens. Sem os homens não haveria os séculos, pois são eles criadores que, ao contrário do Outro, em quem se inspiram, têm o cuidado de datar suas obras. Em tempos remotos não foi necessário ou não se sabia ainda como proteger uma cidade com pedras. Tinha começado o segundo milênio quando cavaleiros heroicos resolveram erguer este cinturão de pedras ao redor de Ávila. Coube a um antigo antecessor de dom Anselmo, também ele bispo, dom Pelayo de Oviedo, abençoar as primeiras pedras, trazidas pelos repovoadores que então tentavam reconstruir as devastações havidas nos finais do primeiro milênio, quando as desgraças tinham sido tantas que se anunciara o fim do mundo. Mas os homens compõem espécie difícil de ser extinta, apesar da contumácia com que tentam destruir a si mesmos. A hora de seu fim não é, porém, dada por eles mesmos, mas por quem dirige seus destinos neste vale de lágrimas. Foi Raimundo de Borgonha, genro do rei Afonso VI, quem construiu essas muralhas. A história oculta os nomes dos trabalhadores. Só informa quem os dirigiu, quem os dominou, quem os fez trabalhar de sol a sol, derramando o suor para que outros ficassem com a fama, a cama e a dama. Para os outros, a lama de todos os esquecimentos, caminhos sem cruzes nem tumbas que memorem seus nomes. Já os que neles mandavam tiveram até mesmo o cuidado de perpetuar seus nomes depois de mortos, de encarregar os sucessores de vigiar por seus ossos, de lembrar suas obras nas pedras, menos efêmeras que seus corpos que desvaneceram. Ficaram poucos nomes junto às pedras, mas aqui trabalharam cerca de três mil pedreiros vindos de Vizcaia e de regiões vizinhas. Foram eles que estenderam essas muralhas protetoras que rodeiam a cidade em seus 2526 metros. Receberam também ordens meticulosas para que a altura chegasse a doze metros. Outros capatazes diligentes – sempre há quem ajude a mandar, posto que em menor número quem ajude a fazer os serviços ordenados – encarregaram-se de controlar sua espessura de três metros. Engenheiros e estrategistas orientaram a localização das torres: 30 ao norte; 25 ao sul; 21 ao leste; 12 ao oeste. Os inimigos podem vir de todos os lados que haverão de encontrar Ávila bem guarnecida por esses exércitos de pedra. Atrás das pedras estarão os guerreiros, metidos em suas armas de ferro. Ergueram as muralhas porque seus cavalos e seus corpos não têm ossos de pedra, porque são feitos de matéria perecível. O homem é um gênero perecível. O que o salva é a espécie. O homem é sempre o mesmo porque o homem é sempre outro. Nove portas e quatro postigos servem de periscópios por onde se possa olhar o mundo exterior, que fica além destes trinta e um hectares cercados, controlá-lo, ler os sinais dos que chegam, discernir se são amigos ou inimigos. Caminhos subterrâneos, aterrados pelo tempo, permitiram em tempos antigos que houvesse comunicação entre alguns lances das muralhas. Aqui há pedras que não foram talhadas para este fim. Vieram para cá removidas de mausoléus romanos, de templos árabes e visigodos.

Mas Teresa não pode contar, nem com as muralhas, nem com os cavaleiros para defendê-la. Seu inimigo parece invencível, pois parece sempre invencível o inimigo interno. Os ataques que recebe não vêm de fora, dos mouros, dos infiéis. Vêm de dentro da própria Igreja, concebida para ser redil de todas as ovelhas sob um só pastor. O pastor é o mesmo para todas as almas, mas a alma de Teresa inspira temores àqueles poucos encarregados de outras muralhas, que têm a missão de fortificar a sã doutrina e impedir que seja contaminada pelas diversas reformas que outras almas querem impor ao mundo cristão. Teresa perturba os inquisidores. Fala e escreve sobre temas que eles consideram melhor evitar. Sabem que os desejos existem, que não são fixos e imóveis como as muralhas, que não se deixam prender como as cidades e as pessoas, que explodem em formas de difícil controle.

A castidade, brandida como açoite sobre a carne de padres e freiras pelos bispos, não pode ser submetida a esses perigosos escritos de Teresa. E os inquisidores arrogam-se o direito de lancetar esses tumores, ainda que para isso tenham que acabar com a vida daqueles a quem interrogam e admoestam.

Quem protegerá esta mulher desses homens diante dos quais nem pedras nem palavras podem prevalecer? Teresa tem somente uma arma e é exímia na arte de manejá-la, falada ou escrita. Acostumados a render a todos os interrogados, levando alguns, já à beira da morte, a abraçar e beijar os próprios executores de suas sentenças, veem-se de repente desarmados diante desta mulher. Quem procuram nela? O Demônio. Mas onde estão seus disfarces? Como convencer o povo da vila de que a mulher bonita e rica que tudo abandonou para ser monja descalça, é o perigoso inimigo a combater? Teresa tem berço e conhece a alma dos que servem aos que dominam o povo, sejam eles bispos ou capitães do exército. Pensam que mandam. Na verdade, cumprem ordens. Mandam por outros. O mundo deve seguir pelas trilhas que levam à submissão aos poderosos. Para servi-los, os corpos devem ser domesticados como cães de estimação. Até a mulher-cadela é boa para este fim. Quem não presta é a mulher-gata, sobretudo se, como a outra em cio, em vez de silenciosa como as cachorras procuradas pelos machos, reúne outros gatos a seu redor, exala seus gemidos, proclama seus desejos. A rameira sem nome não incomoda dom Anselmo. Tampouco o bêbado que a bolina. Quem o perturba é Teresa.

Em seu triste costume de estar só, também Teresa escreve no meio da noite. Não esconde seus desejos. Antes, procura decifrá-los. Não quer, como dom Anselmo, apenas cumprir ordens. Quer entendê-las. E entendendo-as, talvez as cumpra. Ou talvez aceite algumas, não todas.

> "Para ser santa, devo atrofiar-me. Estes comichões que sempre tenho ao pé do ventre, em lugares onde não deve chegar o sol, nem a graça de um falo ou os toques da boca, da língua ou dos dedos – esses territórios molhadinhos de minhas umidades naturais – esses comichões e coceiras, a sarna do sexo, devem ser repelidos, anulados, banidos.

"Não posso ser santa de outro modo. O riso me foi proibido. Nem sequer o sorriso me foi permitido. Para que serve minha boca? Para comer e beber o mínimo que me faça sobreviver. E para rezar bastante, rezar sempre.

"Meus olhos receberam sua luz própria para olhar em outras direções. Não para as formas arredondadas e exuberantes de minhas colegas de mosteiro. E muito menos para o rosto desconcertante do confessor, cujo olhar me deixa tão perplexa.

"Orelhas alugadas, ele nos ouve. O que faz com os pecados que lhe enfiamos nos ouvidos? Ao sair de nosso convento, o que fará? Dirige-se depressa ao convento dele, fecha-se na cela e faz justiça com as próprias mãos.

"Ah, o desejo dos homens! Tão mais explícito que o nosso! A terceira perna para sustentá-los no mundo. Alguém que o corpo tira para dançar.

"Esses possessivos me deixam confusa. Minha boca, meus ouvidos, meu nariz – meus olhos que ardem nesta cela de pouca luz, minhas mãos – nada é de mim. Por isso, não posso dar nada a ninguém. Nem a João. Eu não tenho nada. Eu não sou de mim.

"Eu não estou aqui. Repito: eu não sou de mim. Eu sou de Jesus. Meu nome é Teresa. Querem que eu seja santa. Poderei ser santa? Uma santa sem nenhuma vergonha? O Senhor me deu um corpo. Preciso ter vergonha dele? Mas, então, por que o Senhor meu Deus me deu este corpo?

"No dia de meu casamento com Jesus, diante de São José e da Virgem Maria, ouvi de meu esposo uma belíssima declaração de amor: 'Daqui por diante, eu serei todo seu, e você toda minha, Teresa.' Sim, ele disse meu nome! Desde então, fiquei sendo Teresa de Jesus. Mas, Jesus é de Teresa? Eu posso ser só dele, toda dele, inteira dele. Mas ele pode ser todo meu?

"Levou um dia meu coração. Mandou um serafim que disparou uma seta, ferindo meu peito. Puxando aquela flecha, trouxe uma pontinha dela o meu coração e o levou lá para o céu. Por isso, jamais pude amar um homem. Como posso amar, se não tenho coração?

"Suas declarações de amor sempre foram as mais belas. Nunca mais tive inveja de Santo Agostinho, que disse ao Senhor, certa vez, como a maior prova de amor que podia imaginar, que, se ele, Agostinho, fosse Deus, deixaria de ser, para que o Senhor o fosse. Pois Jesus me disse um dia numa de nossas conversas: 'Se eu não tivesse criado o céu, Teresa, só por amor a você eu agora o criaria'.

"Outra vez, estando eu morta de ciúme, perguntei-lhe por Madalena. 'É verdade que você amou Madalena, meu Jesus? Me conta esta verdade tão antiga.' E ele me disse aquela frase maravilhosa, para uma mulher jamais esquecer: 'Foi quando eu estava na terra que amei Madalena, Teresa. Mas você eu amo estando no céu'.

"Ele poderia ter dito outra coisa, poderia ter dito que eu ainda não existia naquele tempo, se bem que isso seria mais difícil, porque para Deus não há passado ou futuro, tudo é presente, e então, para Ele, eu sempre existi. Meu Deus, não foi lindo o que meu amado me disse? Ele distinguiu o lugar em que se ama. Sim, porque amamos o próximo onde estamos. E dentre os próximos, os mais próximos. E entre os mais próximos, o mais próximo de todos. Madalena não está aqui na terra. Está lá no céu. Eu estou aqui! Serei eu a mais próxima do Senhor? Eu não queria dizer uma coisa, mas, enfim, vou dizer: se Madalena está lá no céu e eu estou aqui na terra, e o Senhor vem me ver, adivinhem de quem Ele gosta mais?"

Teresa quase não acredita no que escreve. Lê em voz baixa, para não acordar as outras monjas, o que acabou de escrever. Leva as mãos à boca, como para conter-se. Mas não foi dali que saíram essas palavras. Foi de seu coração. Foi de sua solidão. Se as pronunciasse em alta voz, talvez não saíssem tão puras porque estariam corrompidas pela fala. Mas escreve como quem envia uma mensagem a alguém, como quem quer informar aos outros alguma maravilha que acabou de descobrir.

"Esqueçamos isso, é preciso esquecer essa vaidade das vaidades. Não quero nenhuma inveja, nenhum ciúme, nenhum zelo excessivo, nenhuma treliça entre mim e Ele.

"E com Madalena, depois nos entendemos. Nós, mulheres, nos entenderemos, em conversa de mulher para mulher."

Apesar de sozinha, Teresa não perde o humor que volta e meia irrompe em seus escritos:

"Além do mais, eu sou um pouco mais nova do que ela. Ela sabe o que isso significa. E eu também. Conheço os homens, sobretudo meu Jesus, que é inteiro Deus e inteiro homem.

"Sabem, vou lhes contar outra coisa. Quando Jesus começou a aparecer para mim, pensei que fosse o Diabo. Sim, porque embora seja difícil entender o que vou lhes dizer, tenho que lhes dizer: os dois são muito parecidos. Sim, Jesus e o Diabo são muito parecidos. Muito, talvez não. Mas são parecidos. Sabem por quê? Porque os dois têm poderes, muitos poderes. Jesus tem mais, claro. No começo das aparições, como todos me dissessem que meus êxtases poderiam ser coisas do Demônio, passei a espantar Jesus de minha presença, jogando água benta sobre ele, ofendendo o meu querido Jesus com todo tipo de injúrias. Ele me suportou durante todo esse tempo de minha incredulidade. Meu Deus, como me arrependo disso tudo!

"Depois que tive certeza de que não eram enganos dos meus sentidos, passei a conversar com ele sobre coisas muito secretas.

"Mas saibam todos e saiba eu também, e saiba também João, e saiba também o meu Jesus, que com este corpo que me foi dado, a salvação é obra difícil.

"Minha única saída é amar o meu Jesus. Transferir meu amor de mulher, que deveria se entregar a um homem, para meu Jesus. Somente assim a alma vencerá. Se a alma não vence, a lama vence, o corpo vence. Ora, mas quem dirige é a alma. Corpo nenhum dirige uma alma. Quero mostrar ao mundo inteiro, não apenas às minhas colegas, não um atalho para o céu, mas um caminho de perfeição.

"Vou mudar os conventos. Multiplicá-los. Acabar com esse excesso de ajuntamentos. Ninguém mais fica sozinho. Ninguém mais dá ouvidos a Deus. Nossos navegadores prestam atenção nas estrelas, para não se perderem em alto-mar. Todos agora olham ao longe em busca de sinais. Contemplam terra, céu e mar à cata de presságios. Ninguém olha para dentro de si, onde pode estar o seu mundo inteiro.

"Jesus me ajudará. Conversarei com ele sobre cada uma das coisas, por menores que sejam, que eu tenha que fazer.

"Ele aparece, eu falo. É Ele aparecer e eu falar!

"Estou falando como uma papagaia. Mulher tem isso: fala demais. Que arrogância a minha! Em vez de falar, eu devo ouvir o meu Jesus! Pois não é o meu amor?"

5

O MEU AMOR É ASSIM: CONTIDO E CHEIO DE PUDORES

> "A mulher, para ser bem casada, se o seu marido está triste, deve mostrar-se triste, e alegre se ele está alegre, ainda que não esteja. Vede de que sujeição nos livrastes, irmãs!"
>
> Teresa d'Ávila, *Caminho de perfeição*

Teresa toma seu banho, sem poder evitar toques de volúpia e sensualidade. O sabão, a esponja e o toque dos dedos sobre sua pele de mulher bonita desarrumam seus sentimentos e por momentos fazem com que se esqueça das abdicações feitas, das proibições que as regras da ordem impõem a todas as monjas. Chegam-lhe alguns murmúrios de um Te Deum cantado ao longe.

Teresa sai da pipa e, enquanto enxuga o corpo, vai cantando o Magnificat:

> "O Senhor fez em mim maravilhas, santo é seu nome. A minh'alma engrandece o Senhor, exulta meu espírito em Deus meu Salvador."

Enrolada na toalha, senta à mesa da cela, que parece penteadeira. Enquanto se arruma, lê um texto que João lhe entregou, sem coragem de dizer-lhe pessoalmente o que por ela sente:

> "Toda mulher é mulher do próximo. Você não é de ninguém? E eu? Eu sou de alguém? Essa é uma das dúvidas que tenho, pois Jesus não é o próximo de ninguém. Jesus está bem longe daqui. Ele apenas disse

que estaria no próximo, sendo o próximo uma espécie de representante, de deputado do Senhor. Ou será o contrário: Jesus é que representaria o próximo?

"As verdades de nossa santa religião parecem simples, mas são de fato cheias de sutis complexidades. Amar o próximo como a si mesmo – este é o maior mandamento de todos, como enfatizou o Mestre. Parece elementar. Mas o próprio amor é sentimento sofisticado. Devemos amar até aqueles a quem já odiamos. Mas podemos odiar aqueles a quem amamos um dia?

"Sempre digo ao Senhor que a minha alma entende pouco os seus desígnios. Ainda agora, enquanto escrevo, meu corpo arde por você. E você? Você também arde por mim, Teresa? Você arderá quando estiver lendo o que agora, ardendo, escrevo? Quem me deu este corpo foi o Senhor. Por que me deu um corpo luxurioso, se os desejos que sinto são grandes pecados? Que habitação o Senhor foi fazer para minha alma? Poderia ter pensando numa casinha melhor. O Senhor pôs minha morada, ainda que provisória, à beira de um abismo.

"É como a prisão onde já estive. Depende de tanta coisa a vida de um cristão! Às vezes, o mal que nos querem ou nos fazem, resulta em imenso bem para nós! Meu primeiro carcereiro não me dava duas coisas que eu lhe pedia, lápis e papel.

"Desenvolvi, então, a memória de modo prodigioso. Em vez de escrever meus versos, eu os memorizava. Talvez por isso a criação do Senhor seja de uma sabedoria que somente aos poucos compreendemos. O Senhor nos deu uma boca, mas dois ouvidos. E duas mãos. Será que o Senhor não quis com isso nos indicar que devemos ouvir mais, falar menos e fazer o dobro do que falamos?

"Tempos depois, mudou o carcereiro. E este segundo me dava lápis e papel. Escrevi à vontade. Até que um dia ele me pediu para ver o que eu tinha escrito. Pensei com meus barbantes: 'Que alma boa num carcereiro! Está interessado no que escrevi!' Mas o tal carcereiro levou meus escritos ao superior, que veio até a cela, acompanhado de um bando de monges calçados!

"Os calçados sempre odiaram a nós, os descalços. O sapato no pé faz o poder subir à cabeça. Esses poucos centímetros que o corpo se afasta da terra, não eleva a alma para o céu. Eleva somente o corpo. O corpo se exalta. Pensa que já não tem contato algum com a terra, passa a pensar que não morre mais, que é eterno, que de tudo o que é terreno poderá fugir.

"Mas, numa de minhas ingenuidades, certamente não a última, cheguei a pensar que aqueles frades calçados tinham vindo me libertar. Sacrossanta ignorância, a minha! Como se entre colegas não houvesse gente má, perversa, delatores, bichos enraivecidos. Chegaram bem pertinho de mim e queimaram meus escritos ali à porta da cela.

"No maior desespero, lembrei-me das horas finais do Senhor neste mundo. Dizem os evangelistas que, quando Jesus expirou, o véu do templo se rasgou de alto a baixo.

"Rasguei minhas próprias vestes, fiquei nu no meio de todos, e não porque não suportasse o calor daquelas horas. Não podendo mais falar, as pedras falaram por mim e cantaram um hino lindíssimo, minha querida Teresa. Palavras de pedra! Foi um delírio que tive? Vi umas chamas escrevendo numa rocha o poema que a seguir transcrevo:

FOGO AMOROSO

Fogo amoroso, tem a peculiaridade de
inflamar-se, mais ainda com o próprio
sopro, que refresca e ameniza; porque, no
amante, é o amor uma chama que arde,
com o desejo de crescer sempre mais,
com o ardor de seu voo, mais se abrasa,
porque um amor, inflama outro amor.

"Meu amor por você é o mais puro dos amores. Verdade é que sinto vontade de tocá-lo. Tem dias em que meu corpo é uma fogueira só. Mas nós dois amamos outra pessoa. É este terceiro amor – na verdade, o primeiro dos amores – que nos une. Amamos alguém em outro. Amamos a nós mesmos em outro.

"Para mim, o amor sempre chegou aos pedaços. Nunca tive um amor inteiro. Há alguns anos, gostei muito de uma moça. Gostava de seu cheiro, de seu modo de olhar, de seu incomparável jeito de andar. As mulheres de muitos países não caminham; se locomovem. Usam as pernas para ir de um lugar a outro. Estão lá, caminham, vêm para cá. Mas as mulheres de nosso país, nesse mesmo trajeto, deslumbram os passantes com um farfalhar de vestes, uma cadência de passos, uns batuques dos pés, um balouçar de seios e aquela brisa nos cabelos! Vão esfregando as pernas e deslizando como folhas ao vento.

"Se digo tudo isso, é para dar as razões de minha escolha. Encontrei em meu Jesus um amor mais puro, que dispensa os sentidos. Sei que é difícil de me fazer entender. Mas amo melhor a meu Jesus quando estou fora de mim. Amigas me disseram que na hora do gozo também lhes acontece isso: ficam fora de si. Por isso, a linguagem fica sem palavras, retornam elas a um estado primitivo, onde impera o grito, o gemido, um conjunto de sinais que não pode ser entendido. Gemem? Mas não estão sentindo prazer? Pode alguém gemer de prazer?

"Assim é comigo. Mulher bonita mexe comigo. Algumas são ainda mais deslumbrantes em sua beleza. E essas não são apenas bonitas. São formosas, pois são suas formas que as deixam ainda mais belas. Mesmo sendo frade, sei que as mulheres cuidam de suas formas muito mais do que nós, homens. São cheias de graça. Elas sabem o que nos atrai.

"Mas, ó mulher, de toda a Teresa, de Teresa inteira, o que mais me encanta são as palavras que você profere. Você tem uma fala cheia de delicadezas.

"A minha primeira namorada, entre tantas qualidades, tinha um defeito difícil de suportar: falava muito alto; se expressava sempre aos berros. Às vezes, absorto a seu lado, cheirando seus cabelos, o rosto posto em seu ventre – tinha os cabelos muito compridos a minha antiga namorada! –, de repente exclamava aos gritos: 'João, olhe aquela nuvem!' Mas dizia isso num diapasão que quase me ensurdecia. Eu olhava a nuvem leve no céu azul – os pedidos, mesmo desjeitosos, de minha primeira namorada, eram ordens suaves para mim – e voltava a olhar para aquele rosto delicado. De novo, a estridência de sua voz me confundia: 'Não parece a cabeça de uma ovelha?' 'O quê?' eu perguntava, já perdido. 'Pois a nuvem!'

"Nesse ponto, aquela amada estava coberta de razão. As ovelhas do pasto podiam estar também no céu. Foi nesse dia que eu me senti dividido. Eu estava ali, ao seu lado, a cabeça em seu ventre, as mãos fazendo o que mãos de namorados costumam fazer. Ainda chamam de mãos bobas! Pois sim! Bobas são outras mãos quando não sabem o que fazem. As mãos dos namorados são cheias de sabedoria. Fazem o que é bom para eles, para os dois, para quem toca e para quem é tocado.

"Contemplando, porém, aquela nuvem, me apercebi de que a ovelha estava em dois lugares ao mesmo tempo. Estava ali perto de nós e estava lá no céu. Como eu, que estava nos braços de minha namorada, mas estava também muito longe dali, com o coração dividido, não sabendo explicar o que se passava comigo. Nos braços de uma moça tão bonita, adivinhem onde estava meu coração? Procurava a solidão. Eu queria ficar sozinho. Tarde compreendi, como agora compreendo, que eu não queria ficar sozinho. Eu buscava o meu Jesus.

"Jesus era a síntese de tudo o que eu precisava. Em Jesus estávamos eu, aquela minha namorada, a ovelha e a nuvem, tudo. Foi por isso que me tornei frade. Para viver minha vida de forma mais plena. Sei que outros farão a mesma coisa por outros caminhos. Mas todos os caminhos sinceros nos levam a Jesus, mesmo que às vezes não saibamos.

"Você é um outro eu meu, Teresa. Um eu que não é meu, que não pode ser. Ovelha não voa. Entretanto, a ovelha pode estar lá no céu, em forma de nuvem. Como você já me disse, a forma não é tudo. A forma é um meio."

Quando Teresa acaba a leitura, está tremendo. Toma os açoites e começa a castigar-se. Remédios vem ver o que há. Cochicha para Teresa: "De novo, aquelas coisas?". "Sim, Remédios, as mesmas coisas. Não sei mais o que fazer para espantá-las." "Se, como você diz, Deus nos deu um corpo luxurioso, por que motivo açoitar-se tanto?"

A pergunta de Remédios deixa Teresa ainda mais inquieta porque ela mesma já fez esta pergunta muitas vezes para si mesma, sem obter resposta alguma.

6

TERESA SE ARRUMA PARA JESUS: UMA BOCA COM DUAS LÍNGUAS

"Femina è cosa gárrula e fallace/Vuole e disvuole: è folle uomo che sem fida."

(A mulher é tagarela e enganadora/Quer e desquer: é louco o homem que nela confia.)

Tasso, *Jerusalém libertada*

Eu tinha acabado de menstruar quando minha mãe morreu. Na hora não achei que houvesse relação entre uma coisa e outra. Mas sangue foi uma coisa que sempre me assustou. Minhas tias me disseram que dali por diante eu, não tendo mais mãe, deveria me apegar a Nossa Senhora, que é mãe de todos. Mas como é que Maria, sendo mãe de tanta gente, iria cuidar de mim? Eu lhe tinha amor filial. Mas será que ela podia ter amor maternal por mim?

Sempre invejei os meninos, que não menstruavam e que, talvez por isso também, não tinham medo de sangue. O sangue sempre assusta, pois seu lugar não é fora do corpo, é sempre dentro. Sangue não é para ser mostrado. Ele deve revelar-se de modos sutis. Quando eu era alvo de algum gracejo, como ocorria às minhas primas, o sangue me deixava rubra, o rosto ardendo. Não sei se de vergonha ou excitação. Mas o sangue corria para meu rosto, como que a enviar sinais, para aquele mundo exterior que me rodeava, que um segredo acabava de ser revelado. Mais um. Sempre outro.

Ah, as vertigens de um beijo bem dado! A alma queria sair de mim, evaporar-se por ali, eu não parecia dona de mim, eu perdia o controle dos sentimentos, eu tinha vontade de um amor forte. Não violento. Forte, apenas. Mas muito forte. Fortíssimo. Você abraça uma pessoa que ama, seja um namorado, por exemplo, você fica duas; ele, também, fica dois. Já são quatro nesse abraço. Todo amor é uma espécie de perversidade, pois os limites são postos sempre mais além.

No homem, o amor parece sempre mais urgente, sem espera, sem prorrogações. Para nós, mulheres, é indispensável a cerimônia.

Eu podia estar agarrada àquele beijo, sem sentir o mundo ao redor, só sentindo do beijo o gosto, o sabor da língua, uma boca com duas línguas, a gente fica monstro na hora do beijo. Uma mulher com duas línguas é como um dragão de sete cabeças – um enorme perigo.

Então meu pai me disse: "Sua fraqueza, Teresa, é muito esquisita."

Me levou para o convento das agostinianas, onde fui pensionista por dezoito meses. Lá fiquei muito doente. Voltei para casa. Porém, eu já era outra. Sinuosos são os caminhos do Senhor.

Disso tudo me ficou como lembrança mais forte a brevidade da vida. Como tudo passa tão ligeiro! Como tudo se esvai, como um sangue que escorre para fora do corpo. Há uma gota de sangue em cada dia que passa. E, como árvores, ao final dos dias que nos foram dados nesta terra, nós secamos. Os sinais vão se espalhando pelo corpo, anunciando o triste fim, quando a carne haverá de partir.

Além do mais, em minha pátria, era tempo de partir. Todos partiam para algum lugar. Minha Espanha era um país em despedidas e lágrimas. E eu também resolvi partir, resolvi ir embora, resolvi buscar meus desconhecidos. Propus a meu pai ir para um convento. E naquele mesmo ano, eu chegava a Encarnación, o convento das carmelitas de Ávila. Eu já tinha feito tanta coisa que havia merecido o inferno. Achava que, entrando para o convento, pararia de pecar. Mas não foi bem assim. Alguns pecados foram ainda maiores. Sobretudo aqueles que pratiquei – ai, meu Jesus! – no parlatório.

João vinha a pé. Era nosso confessor. Chegava ao convento ao amanhecer ou ao entardecer, jamais no meio do dia. Rezava a missa, fazia as homilias e voltava para seu convento. Tinha um passado que a ninguém revelava. Apenas eu sabia alguns pedaços dessa noite escura de sua vida até ali.

Quando escrevo essas linhas, meu corpo já não é mais o mesmo. Sei que todos saberão de mim apenas o que eu tiver escrito ou o que outros escreverem a meu respeito, porque é a escrita que garante a eternidade, que impede que tudo passe em brancas nuvens.

O que vou escrever agora, sei que depois será surrupiado de meus escritos autorizados. Ninguém poderá dar crédito ao que agora escrevo sobre meus desejos. Também o meu Jesus passou por esse processo. São vários os evangelhos apócrifos. A Igreja somente aceita aqueles sobre os quais pôs sua chancela, seu carimbo ordenador.

João não era um homem bonito, mas era alguém que despertava nas mulheres uma vontade de carinho. Não apenas de sexo. Sabia valorizar uma mulher. Punha seus olhos sobre mim ou sobre as outras irmãs com uma doçura raramente vista nos homens daquela época e creio que rara também nos tempos que seguiram, já que a vida tratou de endurecê-los.

Os homens daquela época não pareciam pertencer à mesma raça das mulheres. Eram duros. Desde os mais tenros anos, eram preparados para a guerra, para trabalhos ingentes, para dominar o mundo. E, claro, nós éramos parte da dominação.

Mas João, não. Era diferente. Não estava interessado naqueles destinos desde séculos traçados para os homens. Por isso tornou-se frade.

Lembro o olhar desconcertante de grandes figuras de Ávila, quando correu a notícia de que eu havia entrado para o convento de Encarnación. Todas podiam ser monjas, menos Teresa. Havia vários empecilhos. Eu era, embora fossem cúmplices em ocultar esta verdade, descendente de gente impura, de sangue contaminado. O pai de meu pai era judeu. Meu pai conseguira os papéis de limpeza do sangue de um modo não de todo conjurado. Alguns nobres não desconheciam minha antiga procedência.

Se desconfiavam de minha origem impura, cochichavam também acerca de minha beleza. Escrevo sem vaidade. Agora que tudo passou, o que posso é recordar, sem orgulho de minha antiga formosura.

Meu pai não conseguiu esconder totalmente as suas origens. Mas eu consegui esconder o meu amor.

João ia para o parlatório. Eu tinha pouco mais de vinte anos. Alguns detalhes ficaram em minha memória. Gostava de passar as mãos por sua barba e ouvir, no meio da noite, o rumor daqueles pelos duros roçando a pele macia de minha mão de eterna mocinha.

Tive naquele convento uma vida de pecados e não me envergonho de nenhum deles. Dirão: Teresa não se arrependeu e por isso seus pecados são ainda maiores. Não. Antes que me julguem mal, quero dizer que somente não me arrependo dos pecados da carne. Sobre todos os outros paira o maior dos remorsos. Com sinceridade digo e escrevo: chegará um dia em que o sexo não será mais pecado, não terá mais o peso que hoje tem. Serão coibidos apenas os excessos. Sabem o que é excesso para mim? O cansaço do corpo ou da alma. Chega um momento em que também o sexo cansa, embora quando jovens não saibamos admitir esta verdade. A sabedoria de viver está na temperança. E os atos que pratiquei com João não foram pecados, não prejudicaram ninguém, apenas nos deram prazeres mútuos naqueles anos escuros.

Não vou perder tempo em descrevê-los. Todos podem imaginar o que um homem e uma mulher fazem sós no meio da noite, ainda que na pequena cela de um convento.

7

A EXTORSÃO DA VERDADE: PARA QUEBRAR O CORPO

> "Medéia: A natureza fez as mulheres incapazes pra as boas ações; não há para a maldade artífices mais capazes do que nós.
>
> Jasão: Se fosse possível ter filhos de outro modo, não mais seriam necessárias as mulheres, e os homens estariam livres dessa praga."
>
> Eurípedes, *Medeia*

Um inquisidor interroga Teresa e João. Noite. Atmosfera lúgubre. Ele fala no meio de sombras. Teresa e João chegam à sala dos suplícios empurrados por seus algozes, aos tropeções.

INQUISIDOR*:* Coisas graves vos trouxeram à presença desta altíssima corte, deste último tribunal. Não há possibilidade de apelação do veredito que aqui for proferido.

TERESA E JOÃO: (*Espantados*) Corte? Veredito?

JOÃO*:* Se é tribunal, onde estão os juízes?

TERESA*:* Se é julgamento, onde está a defesa?

INQUISIDOR*:* (*Aos berros*) Formalidades! (*Com ar de deboche*) Defesa! Quem vos defenderá do garrote vil? Quem jogará água sobre vossas fogueiras? Quem desatará o nó da corda em vossos pescoços? Dizei-me: quem?

TERESA: (*Com suavidade*) Mas já fomos condenados? Pensei que tivéssemos vindo até aqui para um interrogatório. Vossa Excelência nos faria perguntas; nós as responderíamos, depois do que seríamos julgados. E, então, sim, seríamos declarados inocentes ou culpados. Na hipótese de nossa culpa ser considerada máxima, a pena seria máxima.

JOÃO: (*Aceitando a estratégia de Teresa*) É. Mas se for mínima ou nenhuma, seríamos soltos. E não exigiríamos pedidos de desculpas. Vossa Excelência somente as pediria, se quisesse.

INQUISIDOR: (*Dirigindo-se a João, de dedo em seu nariz)* Não seja ingênuo, meu caro frade. A Inquisição não deve desculpas a ninguém. Não as deve e por isso não as pede. A ninguém, ouviu bem?

TERESA: Ele ouviu, sim. Mas como não ouvir? Vossa Excelência fala aos berros. Tudo o que diz, diz aos gritos.

JOÃO: Nós não somos surdos.

INQUISIDOR: Não sois, mas parecem ser. Quantas admoestações vos foram feitas sem que nos désseis ouvidos. Sobretudo tu, frei João, que, inclusive, já esteve preso. E não te emendaste, apesar de toda a paciência e magnanimidade de teus superiores.

TERESA: (*Conciliatória*) Mas quais são as acusações?

JOÃO: (*Cochichando para Teresa*) Por que você disse "acusações", assim no plural? Com uma apenas, eles nos... *(*faz o gesto apropriado sobre a garganta).

TERESA: (*Igualmente cochichando*) É mais difícil negar uma acusação só. Deixa o acusador inseguro. É melhor que tenha muitas a fazer. Vamos nos desvencilhando aos poucos. Esta gente é muito astuta!

INQUISIDOR*:* São muitas. Mas todas elas deságuam na mesma maresia de sempre. Na má heresia de vossa ordem, nesses tempos em que a heresia vem a favor da maré.

JOÃO: (*Cochichando para Teresa*) Ele faz jogo de palavras!

INQUISIDOR: Que tanto cochichas, frei João?

JOÃO: Vossa Excelência só fala aos berros. Nós cochichamos. Na média, até que dá um tom conveniente e, sobretudo, suportável.

TERESA: (*Indicando João*) Ele sofre dos ouvidos. Sofreu muito no cárcere. Lá não perguntaram, não tinham a delicadeza que estais tendo conosco. Lá bateram muito em João.

INQUISIDOR: (*Aceitando o elogio*) Pois é. Mas assim mesmo, este frade parece não compreender que o que queremos não é atormentá-lo com mais sofrimentos. O que queremos é aliviar as aflições da Igreja, já tão grandes.

TERESA: Sim, mas quais são, concretamente, as acusações? Quem sabe, ouvindo-as, nós possamos esclarecer uma ou outra confusão.

INQUISIDOR: O problema todo é tua ordem, Madre Teresa. Tua ordem transformou-se em tua desordem. Queres reformar os conventos, queres construir outros sem autorização, queres reter todos lá dentro das clausuras, queres evitar que sejam missionários, queres contemplação, em vez de ação. E vivemos um momento delicado em nossa Igreja, em que é necessário muito trabalho. Não basta ficar rezando lá dentro, nos conventos, pela conversão do gentio. É preciso viajar, partir, sair de dentro de casa, atravessar os mares, pegar o gentio à unha, enfiar-lhe nos ouvidos as verdades de nossa santa religião, acostumá-lo a obedecer ao rei, cumprir a lei, integrar-se à grei. Tudo isso requer mão-de-obra especializada. E tu prescreves o fechamento de frades e freiras em clausuras! Se Espanha não faz isso, Portugal faz. Metade do novo mundo já é deles.

JOÃO: Mas a religião não é a mesma? Portugal e Espanha não têm igualmente reis católicos?

INQUISIDOR: Não te faças de ingênuo, frei João! O catolicismo de Portugal não é o mesmo de Espanha! Há reis e reis. Há rainhas e rainhas. (*Mudando de tom*) Como, aliás, ocorre com os frades: há frades e frades. Há madres e madres. Ou sois todos iguais?

TERESA: Mas a oração move montanhas. E se move montanhas, por que não haveria de mover um coração?

JOÃO: Um coração é bem menor do que uma montanha.

INQUISIDOR: Mas que tamanha atração encontrais dentro dos conventos, que de lá não quereis sair?

TERESA: Lá dentro nós apenas rezamos, lemos e escrevemos. Nada disso é proibido. Nada disso está capitulado em nenhum dos artigos de nossas regulações.

INQUISIDOR: Pois é. Escreveis. Este é o maior perigo. E ledes. Ledes demais, aliás. Ledes o que não deveis ler. Tu, por exemplo, Madre Teresa, leste todos os livros proibidos que estão no índex que Valdés fez.

JOÃO: Mas é que ela os leu antes de entrarem na lista.

TERESA: Isso mesmo! Agora, que foram proibidos, não os li mais. Porém, que mal há em os ler, Excelência?

INQUISIDOR: O mal de sempre. O mal terrível, o efeito nefasto das ideias contrárias à fé. São livros publicados sem controle nenhum. E é preciso controlar o que brota sem forma. É preciso o limite da norma!

JOÃO: Mas o livro é uma arma. E quem brande essas armas, está do lado de cá, está entre os nossos. Por que persegui-los? Por que proibi-los?

TERESA: Usamos os livros para combater gentios e luteranos. Deveríamos usar o punhal, a espada?

JOÃO: Quem usa o punhal e a espada para obrigar os outros a pensar como ele, usa também a pena dos falsários para aos mesmos fins. Ou faremos como aquela outra ordem religiosa, que disse que os fins justificam os meios?

INQUISIDOR: E não justificam?

JOÃO: (*Cochichando para Teresa*) Acabo de descobrir por que razão fomos presos: nós não somos jesuítas. (*Dirigindo-se ao Inquisidor*) Para nós, não: nós lemos e escrevemos verdades de nossa santa religião. Onde está o nosso erro?

TERESA: Não que eu queira me ater a formalidades, mas que idade Vossa Excelência tem?

INQUISIDOR: Isso, agora? Que importância tem a minha idade?

TERESA: A idade sempre diz alguma coisa sobre a pessoa. Na verdade, os anos que temos, são aqueles que não temos, porque já foram idos e vividos. Minha curiosidade deve-se ao seguinte fato: Vossa Excelência parece pessoa de muita experiência, qualidade raramente compatível com a idade que aparenta.

INQUISIDOR: (*Com vaidade*) Que idade me dás? Que idade aparento? Que marcas os anos fizeram sobre meu corpo, que não sejam visíveis?

JOÃO: (*Calculando*) Uns quarenta, cinquenta no máximo.

(*Quando o Inquisidor vai se irritar, dirigindo-se com ameaças de cólera para João, Teresa intervém.*)

TERESA: É que aparenta, com o corpo que tem, a segurança da voz, os gestos firmes, as ideias tão fáceis de compreender, não sei... talvez uns vinte e quatro!"

(*João não diz nada, mas manifesta seu espanto com atitudes ao ouvir o que Teresa disse.*)

INQUISIDOR: (*Vaidoso*) Erraste por pouco, madre. Eu tenho vinte e sete anos.

TERESA: (*Com suavidade*) Ninguém pode acreditar no que diz Vossa Excelência!

INQUISIDOR: (*Espantando-se*) Como?

JOÃO: Viu, Teresa, o que você nos aprontou elogiando nosso algoz?

TERESA: Não é que não possa acreditar nas palavras de Vossa Excelência. É que o viço da pouca idade que Vossa Excelência aparenta me leva a pensar: será que Vossa Excelência, em sendo necessário, poderia comprovar a idade?

INQUISIDOR: Claro que posso! Está aqui a comprovação. (*Tira um papel do bolso e o entrega à interrogada*) Lê tu mesma. É a ata de minha nomeação para este ofício, doloroso, aliás, pois me obriga a fazer o que não quero, a contrariar meus sentimentos. (*Mede Teresa de alto a baixo.*) Quem é que gostaria de maltratar uma criatura como a senhora?

(*O Inquisidor disse isso apontando para João, fazendo gestos de que dele não terá pena alguma.*)

TERESA: (*Lendo o documento*) A nomeação de Vossa Excelência contrariou as recomendações do Santo Padre.

INQUISIDOR: (*Surpreso*) Por quê?

TERESA: O Santo Padre prescreveu quarenta anos como idade mínima para os inquisidores. Apenas se foram os cravos da puberdade, apenas esmaeceram os travos da segunda idade, e Vossa Excelência já interroga pessoas mais velhas, mais experientes, certamente mais tolerantes com Vossa Excelência do que Vossa Excelência é com elas.

INQUISIDOR: (*Acuado*) Cardeais foram nomeados aos vinte e três anos!

TERESA: (*Doce, mas firme*) Sim, cardeais. Não inquisidores. Os cardeais não interrogam ninguém.

JOÃO: (*sussurrando*) Cardeal aos vinte e três anos? Mas então, quando bispo, não tirava a mão do báculo. (*Para o Inquisidor*) Não interrogam nem queimam ninguém.

TERESA: Não faz nem cem anos, queimaram muitos em nosso vizinho país. Começaram queimando em Lisboa. Depois queimaram no Porto.

JOÃO: Queimaram também em Coimbra.

TERESA: Queimaram também em Lamego.

JOÃO: Depois queimaram em Tomar.

TERESA: Depois em Évora. Queriam queimar o mundo inteiro, começando por Portugal.

JOÃO: Você sabe a razão de tantas fogueiras, Teresa?

TERESA: Sim, João. Meu pai me contou. Queimaram, não para alargar a Fé e o Império, mas, sim, por dinheiro. Com todas essas fogueiras, as cortes portuguesas conseguiram 1.200.000 cruzados. Um dinheiro quase impossível de calcular! Foi todo para a Companhia.

JOÃO: (*Admirado*) Para a Companhia de Jesus?

TERESA: Não para essa companhia, João. Para a outra, para a Companhia das Índias Ocidentais. Você precisa ler mais, João.

JOÃO: Ou então ouvir seu pai. Porque para você foi ele quem contou.

TERESA: Sim, mas ele leu antes nos livros.

INQUISIDOR: (*Autoritário*) Já queimamos comerciantes, médicos, advogados, boticários, empresários, artesãos, camponeses, soldados, outros frades, por que não vos queimaríamos?

TERESA: Primeiramente porque não coabitamos com o Diabo, como a Maria do Rosário.

JOÃO: Não declaramos que o idioma falado no céu é a língua portuguesa, como fez Pedro Rates Hanequim.

TERESA: E jamais nos declaramos messias, como fez Antonio Hebre Cordeiro. Além do mais, por ora não queremos nem saber qual a acusação que pesa sobre nós. Seja qual for, Vossa Excelência não pode nos interrogar. Proponho um trato: não denunciamos a idade de Vossa Excelência, Vossa Excelência nos solta, não perde o emprego, os conventos melhoram, mais frades e freiras zelarão pela maior glória da Igreja e nós dois vamos para casa. O senhor declara que, examinados e interrogados, não encontrou em nós delito algum.

INQUISIDOR: Quem me garante que tais tratos serão cumpridos?

JOÃO: Só o que nós queremos é o amor de Deus. E para isso precisamos trabalhar muito. Que não seja Vossa Excelência a impedir que vivamos no amor de Deus. Só pedimos isso a Vossa Excelência. Mais nada.

TERESA: Que Vossa Excelência não nos atrapalhe, é somente isso que pedimos. Não queremos ajuda.

JOÃO: (*para Teresa*) Será que seremos salvos por uma formalidade? A idade do Inquisidor?

TERESA: A idade não melhora nada, João. O desejo aos poucos vai abandonando o corpo. A alma que se cuide. Sem ninguém contra quem lutar, vai ficando despreparada. Quanto a sermos salvos por uma formalidade, muitos outros já o foram. E outros o serão.

JOÃO: E nós? Nós seremos?

TERESA: Não sei. Quem sabe o dia de amanhã? O dia de amanhã poderá nos salvar, ou salvar o Inquisidor. Pode nos condenar ou condenar o Inquisidor. A única coisa que eu lhe posso assegurar, meu querido João, é que o dia de amanhã, como o de hoje e o de ontem, não passará sem acontecimentos aborrecedores. O tempo não é como o Senhor. O tempo não perdoa ninguém.

(Os dois são dispensados. O Inquisidor também deixa a sala contrariado.)

8

PROSA LUXURIOSA: TERESA CONVERSA COM FREI JOÃO NO PARLATÓRIO

"O amor pode viver de recordações; o ódio requer qualidades presentes."

Miguel de Unamuno, *Solidão*

A chegada de João deu ao ambiente uma atmosfera lúbrica. Teresa não deixa de se interessar pelo padre como homem. Demonstra isso no olhar, nos gestos, no modo como conversa com ele. Ele parece menos atrevido do que ela. Até um pouco tímido. A princípio avançado, mas em seguida intimidado pela desenvoltura de Teresa. Os dois vestem hábitos.

Frei João já está no parlatório quando chega Teresa.

Ela passa a mão no rosto de João, fazendo-lhe um carinho:

— Mas que bela barba! Por que será que nós, mulheres, nascemos sem barba?

— Nós também nascemos sem barba. Depois é que ela cresce e...

— Eu sei. Elas e outros pelos espalhados por aí.

— Mas esses outros pelos não estão espalhados só por aqui. Por aí também – diz João fazendo um gesto largo em direção ao pé do ventre de Teresa.

João dá a entender que não é a primeira vez que se encontram.

— Ai, Teresa! Ai, Teresa! Ai de mim! Por que o Senhor me deu uma carne tão fraca? As tentações ainda haverão de me incendiar o corpo inteiro e, como acontece nesses casos, minha alma também será queimada nesse incêndio.

— João, meu João! Que se passa? Você sabe que não podemos!

— Eu sei que não podemos. Mas eu estou cada vez mais aflito.

— Eu sei! Mas fale mais baixo. Senão, as irmãzinhas escutam. As paredes têm ouvidos! As paredes, as cadeiras, os bancos, tudo aqui tem ouvidos. Muitos ouvidos!

João dá a entender que Teresa não faz restrições aos seus desejos, mas apenas ao local. Teresa fez isso de propósito, para instalar certa ambiguidade na conversa.

— Mas quem fala também peca. Ah, se peca!

Teresa pede a João que se aproxime um pouco mais para ouvir a história que quer lhe contar em voz baixa, quase sussurrada.

— Vem para mais perto de mim, João. Preciso falar mais baixo e contar uma história para você. Li ontem, num livro que entrou escondido aqui.

— É livro proibido? De que trata? Por que você lê livros proibidos? Se foram proibidos, é porque há alguma razão para eles serem proibidos. É porque fazem mal à alma.

— Fazem mal à alma? Tenho muitas dúvidas, João. Pode um livro que faz bem ao corpo, fazer mal à alma? Lendo este livro, me diverti muito, me dando conta de que nós, frades e freiras, temos que suportar tantas coisas contra a natureza!

— Pois é, às vezes fico pensando. Os protestantes não têm celibato. Os padres casam. E entre eles não há freiras. E sua religião avança pela Europa toda, invadindo as fronteiras.

— Se você fosse pai, João, você seria um pai tão amoroso!

— Pare com isso, Teresa! Eu não posso ser pai! Renunciei a Satanás e a ter filhos, entre outras coisas.

— Credo, João! Você fala como se o Demônio e um filho seu fossem a mesma coisa.

— Mas é isso mesmo! Filho de padre e filho de demônio são a mesma coisa!

— Sim, mas porque é proibido. Se não fosse proibido, João, se o mundo não fosse como é, João, é assim que você deve pensar! Colombo teve que explicar aos inquisidores que o mundo não era como eles imaginavam ou queriam que fosse.

— Teresa, você sonha o tempo todo! São sonhos de menina e você já é mulher há tanto tempo!

— Isso também quero mudar, João! A triste sina que tem uma menina! Desabrocha como uma flor, tão logo fica moça, e é comparada com uma rosa no jardim. Em seguida, casa, e ei-la muito triste, com saudades do tempo de solteira. Fica mãe e abandona os cuidados com o corpo. Onde, então, o viço daquela beleza anterior? Diz-se, por acaso, João, de uma rosa que ela está na infância, em seguida a rosa adolesceu, é uma rosa solteira, é uma rosa casada, uma rosa que teve filhos, depois envelheceu? Dizem isso de uma rosa?

— Ai, Teresa! A natureza é muito cruel. São comparações equivocadas, não, Teresa? Quem deveria ser comparado a uma rosa, é o homem, não a mulher.

— Que é isso, João-Rosa? Você queria ser uma flor? - Teresa ri, debochando de João. - Você já tem os espinhos, que não faltam a você. - Passa a mão nas barbas de João, que não esconde o desconforto que lhe dá aquele carinho, por excitá-lo.

João, desencabulando um pouco e querendo combater o que ouviu, fazendo uma agressão pouco velada à mulher que tem diante de si:

— É que vocês amamentam, derramam leite pelos peitos, menstruam e se enchem de sangue, parem e jogam o novo ser ao mundo entre urinas, fezes e sangue.

— É para que o novo vivente tenha ideia exata do lugar a que chegou: sangue, fezes, urina, sim; no fim, também será assim! E vai aprendendo, além do mais, que esses três elementos são indispensáveis à vida. E morremos! - Teresa muda de posição. Caminha ao redor de João. - Mas a história que eu queria contar a você, não quer ouvi-la?

— Conte, conte, Teresa! Somente você para desanuviar a minha vida!

— Sua vida está cheia de nuvens, João? - diz Teresa, irônica.

— E inteiramente sem sol. Vivo num dia escuro, numa noite escura, minha alma é um breu. Eu não vejo luz alguma.

— Pois comigo dá-se o contrário, João. Eu sou toda luzes. Estou tostadinha de tanta luz, me sinto numa fogueira. A luz me queima a pele, me incendeia também por dentro. (Mudando de tom.) O sexo, João, é o que você não quer nomear, como se fosse uma doença incurável.

— E não é incurável?

— E se não fosse doença, João? Se você fosse ao esculápio com uma ardência nas partes e ele dissesse a você: "Meu filho, é da natureza!" Você não ficaria tranquilo?

— Tenho muitas dores pelo corpo, Teresa. Lá no mosteiro o frade erveiro me tem feito uns chás que às vezes aplacam esses pesares.

— E onde mais dói, João?

— Onde mais me dói é na alma, minha irmã! – E querendo trocar de assunto: – Mas e a história que queria me contar?

— Sente aí e me escute! Era no começo dos conventos, quando monges e monjas moravam todos juntos. Num longo corredor, de um lado estavam as celas dos monges; do outro, as das monjas. Em cada ponta, a do abade e a da abadessa...: as únicas celas indevassáveis. As outras tinham portas de grade, de modo que se pudesse ver o que lá dentro se fazia. Já vigorava o voto da castidade, antes desnecessário, mas agora vigente porque monges e monjas, ao fornicarem, produziam seus "monginhos", os filhinhos. Esses, ao crescerem, não queriam a vida dos pais, pois a achavam sem atrativos. Então, pediam sua parte da herança. E o patrimônio da Igreja, das ordens religiosas, ia sendo dizimado, pois aquela vida de contemplação e ócio levava frades e "fradas" a muita fornicação.

— Deveríamos entrar para os conventos já bem velhinhos, sem as tentações da carne.

— E por que não jovens e eunucos?

— Capados?

João, depois de dizer a palavra, se arrepende muito, com gestos. Anda de um lado para outro, volta para perto de Teresa. Ela, uma figura solar. Ele, seu satélite.

— O eunuco é um velho precoce. O velho é um eunuco tardio. Mas nem nessas duas condições os pecados são interrompidos. Ao contrário, quase sempre aumentam e se diversificam. Você precisa ver o que eles fazem! – Por um momento, João se solta, sem se dar conta de que precisa ser contido diante de Teresa. – Até Deus duvida!

— Deus jamais duvida. Foi ele quem nos deu um corpo luxurioso. Se não queria esses pecados, nos desse um outro corpo, um outro tipo de corpo! – diz Teresa, séria.

— Mas o corpo da mulher é que atrai mais.

— É que as mulheres sempre querem o que vocês tanto querem. Mas simulam a dúvida, a vacilação, o não-sei-se-vou-agora-ou-depois, mas o certo é que haverão de ir, isso é certíssimo.

9

AS MEDIDAS DO CORPO: EU E VOCÊ ESTAMOS DO OUTRO LADO DA TRELIÇA

"É condição natural das mulheres desdenhar a quem as quer e amar a quem lhes tem aversão."

Miguel de Cervantes y Saavedra,
Dom Quixote

Teresa recebe João no parlatório, um lugar proibido às visitas masculinas, de acordo com o novo regimento das carmelitas, recentemente aprimorado, graças à contribuição de uma outra fundadora, analfabeta, vinda de outra ordem. Clausura e parlatório foram declarados lugares proibidos. Posteriormente, são proibidas também as visitas femininas. Depois, as de animais de estimação etc.

Teresa tira as medidas de João para um novo hábito que vai fazer para ele. Entre os dois está a treliça. As medidas são passadas com um barbante ou fita. Os dois têm presente a proibição: "Doravante as monjas devem receber suas visitas sem que possam ver ou serem vistas por inteiro. Freiras prendadas poderão continuar a costurar, bordar, remendar. Em se tratando de costura para fora, entretanto, as medidas das roupas devem ser entregues previamente à abadessa. Em casos excepcionais, quando se tratar de clientes de ordens religiosas, recomendações quanto ao comprimento, largura e demais características das roupas solicitadas devem ser feitas com toda a discrição possível. As tentações são muitas e é nessa hora que Satanás mais se aproveita. A carne é fraca, o olho é a janela da alma, os sentidos todos são perigosos e o toque, sobretudo, o toque, deve ser evitado. Que o corpo ceda! Quem manda é a alma!

"Por motivos semelhantes, não é recomendável que as monjas mantenham animais ditos de estimação no interior dos conventos e, muito menos, nas celas. Cachorros, gatos, patos, pintos e outros pequenos animais devem ter sua presença evitada entre as professas."

10

SENHOR, JESUS, MEU NAMORADO: DESÇA DESSA CRUZ, EU QUERO O SEU AMOR, EU QUERO ABRAÇÁ-LO

"Jesus meu querido, desça dessa cruz, eu quero abraçá-lo! Nós, os amantes, não fazemos declarações de amor como quem dá informes sobre algum assunto. Nós reiteramos o nosso amor, não apenas para alegrar o nosso amado, mas também pelo prazer que temos em proferir palavras de amor. Se elas fazem bem a quem as ouve, primeiramente fizeram bem a nós, que as proferimos.

"Se a onipotência não é suficiente, o amor o será muito mais. O que é que o amor não pode?

"Já vi mãe e pai fazerem cada coisa por seus filhos! Mulheres, por seus maridos! Namoradas, por seus namorados! Maridos, por suas mulheres! Filhos, por seus pais! Para os que amam, os amados não têm defeitos!

"Por isso, olhando a sua parte humana, eu me pergunto:

"Meu Jesus, você era um Deus. Era e é um Deus. Mas nós, Senhor, nós somos humanos e precisamos a toda hora fazer concessões, ir para trás, quando o que precisamos é ir para a frente. Depois, damos alguns passos para a frente, sabendo que eles significam, lá adiante, um atraso em nossa caminhada.

"Para ilustrar o que digo, vou contar a você um episódio que muito me fez pensar. Eu visitava uma prisão certa vez e lá estava um homem que tinha cometido todo tipo de atrocidades: praticara ele mortes crudelíssimas. Matara a mãe a pauladas, enforcara o pai, degolara a irmã, esfaqueara o irmão. Tinha esganado uma velhinha para roubar suas pequenas economias. Roubara as muletas de um aleijado. Soube também que furava os olhos dos passarinhos.

"Pois bem, nesse dia, seu único filho, um menino de mais ou menos quatro anos, veio visitá-lo, conduzido pela tia. Precisava ver a alegria com que esse menino pulou no colo do pai prisioneiro. Como eram bonitos os carinhos que então trocaram! Depois que a visita chegou ao fim, perguntaram ao menino se ele não tinha medo daquele homem. Suas únicas palavras foram: 'Ele é meu pai.'

"E aquele pai, quando interrogado sobre os motivos que o tinham levado àqueles crimes hediondos, tinha invariavelmente a mesma resposta: 'Não foi eu!' Não era erro de linguagem, nem de nada! 'Eu', no caso, era uma terceira pessoa, que não era ele. Na hora dos crimes, ele tinha sido outro. O eu dele tinha sido outro eu.

"Por isso, Senhor, eu pergunto a você: quantos somos em cada um de nós?

"Minha esperança é de que você seja como aquele menino. Diante de acusações gravíssimas contra a minha alma, no Dia do Juízo, espero que você diga para o anjo acusador: 'Ela é minha filha.' Se bem, que eu gostaria de ser sua esposa!"

Uma das monjas veio avisar que frei João acaba de chegar. Teresa ordena que ele seja conduzido aonde ela está. João, ao vê-la, começa a recitar os versos:

"O desejo que a alma tem de Deus
Nem sempre é sobrenatural (...)

Oh! lâmpadas de fogo
Em cujos resplendores
As profundas cavernas do sentido
— que estava escuro e cego –
Com estranhos primores
Calor e luz dão junto a seu Querido!

Oh! quão manso e amoroso
Despertas em meu seio
Onde só tu secretamente moras:
Nesse aspirar gostoso,
De bens e glória cheio,
Quão delicadamente me enamoras!"

Teresa ouve o amigo com atenção, mas ao falar dirige-se ao Crucificado: "Me diga, ficção de minha vida, amor impossível, homem que eu não posso amar, como faço para juntar alma e corpo, santa e pecadora? Meus sentimentos estão desarrumados, meu coração salta pela boca, tudo o que é de mim, de mim se esvai! Saí de mim para dar uma voltinha, nunca mais pude voltar. Agora não sou mais de mim. Agora sou sua, toda sua. De Teresa de Ahumada, me transformei em Teresa Amada, Teresa amadora, Teresa pecadora, aquela que mais pecou, porque mais amou. Eu não sei o modo certo de amá-lo. Sei que a água do amor me foi dada a beber em outros copos, alguns dos quais, Senhor, eu já experimentei, e me foram tão amargos!"

JOÃO

Nossa história – a minha e a sua – é uma simples história de amor. Uma história de amor não tem duas pessoas apenas. Tem sempre três ou mais. Me refiro a uma verdadeira história de amor, sincera, sem nenhum fingimento. Teresa e eu vivemos um triângulo amoroso. Nós dois amamos o mesmo homem (aponta para o Crucificado nas sombras), o mesmo Deus. Ele nunca muda, é sempre o mesmo. Mas nós – nós, ó Senhor! – nós nunca somos os mesmos. A cada dia somos outros, quem não vê? Muda a cor de nossos cabelos, afundam-se os caminhos que o tempo faz sobre nossa pele, mudam nossas vontades, aumenta nosso cansaço de viver. O nosso nome, como o do Outro, é legião, pois somos muitos.

TERESA

Tem dias em que eu me sinto como alguém que não ama, cheia de dúvidas, João. Valeu a pena nossa caminhada até aqui? Valeu a pena fundar tantos conventos? Valeu a pena mortificar nosso corpo, contrariar nossas mais antigas vontades? Não me refiro ao amor que tenho por meu Jesus. Refiro-me ao amor dos que me cercam.

À margem do manuscrito vêem-se alguns comentários, como se padre Divino Mann quisesse futuramente incluí-los no texto.

"Tudo começou com Ricardo Coração de Leão nos princípios deste milênio. Com Jerusalém libertada, a derrota dos árabes permite que

abnegados peregrinos descubram aqueles eremitas que se retiraram para o Monte Carmelo, perto da praia de Haifa, em Israel. Foi lá que tudo começou. E o nome de nossa ordem haverá de guardar sempre esta lembrança: que vencemos lutando.

"Mas os carmelitas demoraram a aceitar mulheres. Quando Teresa e João viviam este amor, as comunidades femininas tinham cerca de cem anos. Muitas vezes Teresa reiterou que para as mulheres as coisas eram sempre mais difíceis do que para os homens."

JOÃO

Mas você não deve ter melancolia nenhuma, Teresa. Você venceu. Nós vencemos. Nossas lutas não foram apenas contra os de fora. Quantas vezes não encontramos inimigos onde menos esperávamos: dentro da Igreja, dentro da nossa própria ordem religiosa!

TERESA

Isso é verdade. A Inquisição foi o inimigo que mais apareceu. Mas não foi o único. Quantos outros não se esconderam atrás dela!

JOÃO

Entretanto, nossa ordem foi purificada, Teresa. A Igreja também se purificou. Como se purificar sem sofrimento? Nossa ordem é hoje uma das mais belas, sem nenhum orgulho. Tudo começou no exato lugar onde Elias vivia, à beira da fonte de cuja água o profeta bebeu, à sombra do Monte Carmelo, nos arredores de Haifa. Esta nossa vontade de deixar este mundo e partir, em êxtases, para o outro, já estava nele, que partiu em carruagens de fogo para o céu.

Teresa (apontando para o Crucificado nas sombras):

Mas este aí não nos deixa partir, não quer que façamos como Elias. Quer que fiquemos aqui. Aliás, será isso mesmo que Ele quer?

Dirige-se ao Crucificado:

Há quanto tempo você me ouve nessa cruz e nada me diz? Silencioso assim, aparecendo sempre por sonhos, visões, devaneios, entre treliças e sombras, no lusco-fusco de tudo, os que o seguem não o seguem: o conduzem. Levam-no para onde eles querem ir!

Meu Jesus, os séculos o esculpem no tempo, fixando imagens volúveis, apesar de impressas em pedras, mármores, tetos de capelas, igrejas e catedrais. Quem é você, afinal? Você não tem mais nome, Jesus! O seu nome é, como o do Outro: Legião!

Me perdoe tantas heresias, mas você não é de mim. Como fui me apaixonar por alguém que não posso amar? Alguém imobilizado numa cruz?

Falo aqui por todos os cantos do meu corpo sem nem sequer saber se você me escuta. Me diga, Senhor, ao menos escutar, você me escuta?

JOÃO

Senhor, você não cansa de ficar aí nessa cruz, sempre dependurado? Minha vontade é tirar você daí, trazer você para meus cuidados. Como será que eu posso amá-lo, meu Senhor? Amor entre homens é tão difícil. Se eu o amar como desejo... Meu Deus, quanto sacrilégio!

Quero amá-lo sempre, Senhor. E não sei como! Nunca me senti assim "caldaço" de amor. Não pense que é fácil amá-lo, Senhor!

Dizem que, no princípio do mundo, o Senhor nos fez homem e mulher. É. Está lá no Gênesis: "Homem e mulher, Deus os criou". Estou inventando? Não estou. A meu lado, pensando como eu, muita gente boa ensinou isso em igrejas, sinagogas e mesquitas. Depois, como sempre acontece com a humanidade, fomos piorando um pouquinho e nos diferenciando.

Bem que ficariam bonitinhos uns seios em mim! Às vezes fico pensando: fico humilhado sem seios! Eu poderia caminhar assim ... (caminha, imitando os seios com as mãos), atirando bombardadas de desejos em que encontrasse: *tá-tá-tá-tá*. Seios aerodinâmicos, lindos!

(Arrepende-se) Meu Deus, um homem pensa cada coisa!

(Retomando) Bom, mas daí eu poderia engravidar. Que maravilha deve ser a gravidez! Eu ali, todo pomposo, e as pessoas comentando: "Frei João está grávido!" Me encontrariam na rua e me abordariam: "Para quando é o nenê, frei João?" Eu diria, meio queixoso: "Já estou sentindo que ele se virou de ponta-cabeça, acho que não demora a nascer! Anda me dando uns coices!"

Dando coices? Por dentro, sem que eu pudesse revidar? Pensando bem, eu não quero ser mulher! Não, obrigado, Senhor, está bom assim.

Mas, quanto a mim, Senhor, eu pergunto a você: a minha natureza está certa? Eu não sei como amá-lo!

Além do mais, o Senhor quase não fala. A não ser em sonhos, visões, inspirações; de todo modo metáforas... E se você fosse mulher, Senhor?

TERESA

Não se preocupe tanto com sexo, João! Homem ou mulher, o mais importante é amar. É para isso que vivemos. É por amor que vale a pena a vida, é por amor que não nos devemos arrepender do que fizemos, fazemos ou faremos. Tenho aprendido nesses anos que a idade nos traz muitos problemas, mas de outros nos alivia bastante: nossa experiência impede que erremos ainda mais do que sempre estamos acostumados.

JOÃO

Quantas vezes deixamos de ouvir palavras de sabedoria para entregar nossos ouvidos a tantas bobagens! Queria ser como Raimundo Lúlio. Sem ele o Renascimento não teria sido o mesmo! Influenciou tanta gente que mudou o mundo e dele se fala tão pouco! Consumiu-se para o bem da humanidade – é assim que deve ser a nossa vida. Morrer para poder viver. Os pais não morrem pelos filhos? Os amantes não morrem pelos amados? Todos morrem um pouco por dia. Então, que seja por motivos gloriosos!

TERESA

Morro porque não morro
Morro porque não moro

JOÃO

Minha morada não é aqui
E minha amada, que sem-fins a levaram?
E meu amado, onde está o meu amado?

TERESA

Aqui é porto de passagem
Onde o amor chega sempre aos pedaços
E logo parte
Meu barco quer navegar por outros mares

JOÃO

Vivo bem distante de onde moro
Por isso morro porque não morro
Quero os benefícios do amor inteiro
E não sei onde, com quem e como encontrá-lo

TERESA

É aqui onde estamos que o amor chega sempre aos pedaços. Já passamos da metade do segundo milênio e o Senhor ainda não veio. Nem virá. O mundo ainda não está pronto para Ele vir. Precisamos mudar muitas coisas ainda. Quando nossa obra estiver concluída, no fim dos tempos, pouca diferença fará a nossa partida. O céu poderá estar aqui – ou nós, no céu. Quando parto em êxtases, nunca sei até aonde fui. Sei apenas que quando volto, estou aqui outra vez. É pelas lembranças trazidas que sei que estive em outro lugar.

JOÃO

Um dia todos nós entraremos em êxtases e faremos nossa mais longa viagem. Levaremos na memória as lembranças de nossa caminhada sobre a face da terra. O que é que vai impedir a morte, que é um esquecimento para sempre: a memória ou amor?

TERESA

Eu amo e não esqueço de quase nada. Tenho em mim todas as lembranças. Me senti envolvida por uma veste muito branca e resplandecente. No começo não sabia quem estava me vestindo. Mas logo depois, vi que eram Nossa Senhora, de um lado, e São José, de outro. Enquanto me vestiam, davam-me a entender que eu estava sendo purificada de meus pecados.

JOÃO

Teresa, você esteve no céu, sei que você esteve, que isso não é sonho. Mas me diga: o que é que você trouxe de lá?

TERESA

Ah, João, meu querido! Eu trouxe uma porção de lembranças. Depois vou escrever sobre elas. Você sabe, eu não sei dizer as coisas sem escrever. Ah, João, as palavras! Mais do que elas, as falas! Os atos de fala são tão cheios de confusões. A sua noite mais escura é a da fala, João! (Entrega-lhe um colar de ouro, do qual pende uma cruz, ambos suntuosos.)

(Colocando em João o colar com a cruz.)

O que trouxe do céu, pra você eu dou.

(Dizendo isso, ainda encostada a João, olha fixamente para o Crucificado e diz o poema que segue:)

"Não me move, Senhor, para querer-te
O céu que me tens prometido
Nem tampouco o inferno tão querido
Para deixar por isso de temer-te.

Tu me moves, Senhor, de tal maneira
Que ainda que não houvesse céu, eu te queria
E ainda que não houvesse inferno, eu te temia.

Nada tens que me dar pra que te queira
Pois ainda que não tivesses o que espero
Do mesmo modo que te quero, eu te queria.

JOÃO

Entre todas as mulheres do mundo, você é a mais formosa, Teresa. Não me admira que sejas tão apaixonada! E de mim, no começo tão distante, o Senhor me fez o seu mais próximo amante.

TERESA

É sempre no próximo que o meu Jesus está!

JOÃO

Amar. O grande mandamento, o maior de todos. Amai-vos uns aos outros, foi o que Ele disse, foi o que Ele nos ensinou.

Teresa (se desvencilhando de João e indo abraçar o Crucificado): Me diga, ficção de minha vida, homem que eu não posso amar, o que faço de meu amor enquanto não chega a hora da partida?

João aproxima-se de Teresa. Os três estão agora abraçados. Eles trocam carícias e juntos acariciam também ao Crucificado. Tão abrasados os dois que estão com febre também as pedras da cela. Por alguns momentos esqueceram-se das admoestações de São Paulo que recomendou o casamento para evitar que se abrasassem? Os dois beijam todo o corpo do Crucificado e por fim fixam seus carinhos, já de joelhos, nos pés de Jesus.

De repente João dá um salto. Ao lado de Jesus, em outra cruz, uma crucificada sorridente e lasciva joga-lhe beijos, chamando-o para si com um movimento de cabeça. É mais uma de suas terríveis alucinações, mas João está ainda mais espantado do que antes, porque junto a Teresa elas tinham cessado. A última vez foi numa noite, que já lhe parece antiga, quando, não sabia se era sonho, visão ou pesadelo, deu por si todo molhado de suor contemplando a cena final do calvário, mas com uma alteração medonha, ainda que divertida. Jesus, crucificado entre duas ladras nuas, fazendo ares de sedutor, dizia para a mais bonita: "Hoje mesmo estarás comigo no Paraíso".

JOÃO

A nossa noite mais escura é a da fala, Teresa?

TERESA

A noite mais escura, a noite mais longa, a noite mais triste do mundo, é aquela sem amor.

11

NEM SÓ DE ORAÇÃO VIVE O HOMEM: BANQUETE PARA SATANÁS

"A palavra é como a abelha: tem mel e ferrão."

Talmude

Este capítulo não está completo. Nele, padre Divino faz algumas anotações sobre culinária.

No livro que estou escrevendo, cada vez que tenho tempo de reler uns trechos, noto que venho esquecendo uma coisa fundamental. O que Teresa come? O que comem as monjas? Como sobrevivem esses frades e freiras enclausurados?

Todas as enclausuradas têm algum ofício. São artistas anônimas. São boas cozinheiras e doceiras. Cultivam as hortas. Fazem objetos de arte sacra.

Talvez eu deva escrever algumas das receitas das monjas, ainda que não saiba muito bem como incluí-las na narrativa. Em meu livro estão aparecendo em demasia os sacrifícios, os lençóis manchados de sangue. Não sei como falar disso aos meus meninos. Eles são tão tenros e novinhos! O que entenderá um menino de se açoitar a si mesmo? Tenho medo de deixá-los ainda mais enlouquecidos. Já não basta obrigá-los aos jejuns costumeiros num tempo em que eles devem se alimentar adequadamente porque as leis da natureza assim o exigem? Tento ministrar-lhes o jejum com parcimônia, mas é preciso tomar muito cuidado, já que os outros padres podem apregoar o contrário. O padre-reitor é partidário radical dos jejuns para esses adolescentes. Ele exagera nos cuidados que visam garantir a virtude deles. Bolinações de meninos, que importância terão? Sim, é necessário coibir um pouco, para se obter a temperança. Mas proceder de tal modo que o combate não se torne ainda pior do que a possível doença.

Às vezes me dá vontade de ir para a cozinha e convidar as empregadas a me ajudarem nuns pratos. Batata, elas só fazem de um modo. Com água e sal, como se cozinhassem para porcos.

Teresa sabia fazer deliciosos pratos com batatas. Uma das monjas de Encarnación registrou a receita de um prato de batatas para 240 pessoas, dando-lhe, não sem um toque de humor, o nome de Banquete para Satanás. Registro os ingredientes:

40 quilos de batatas
120 ovos
120 dentes de alho
80 litros de água
Farinha de trigo
Alguns pedaços de carne,
muita salsinha,
um pouco de farinha e
outro de azeite.

As batatas devem ser fervidas, depois descascadas e cortadas em rodelas. Enquanto isso, outras monjas devem descascar e bater os ovos com um pouco de farinha, fazendo uma espécie de pasta, onde devem ser passadas as rodelas. Depois, devem ser fritas em azeite não muito quente.

Com a salsa, os dentes de alho e a carne, faz-se um caldo, que será servido numa tigela funda, onde serão molhadas as rodelas de batatas para comer.

Outro prato, cujas origens perderam-se na névoa dos monastérios, foi inventado por uma abadessa. Os ingredientes são para seis pessoas, provavelmente ela e outras autoridades menores do convento. Chama-se Toucinho do céu e o modo de fazer o prato é assim descrito: toma-se um toucinho de porco. Na verdade, toma-se primeiro o porco, porque as monjas criavam porcos nos conventos. Chama-se uma das irmãs mais violentas, que já vem com uma faca, depois que outras o amarraram. Deve ser um leitãozinho. Uma vez amarrado o pobre bicho, a irmã violenta deve descarregar toda a sua ira no peito do animal, que estará deitado de barriga para cima. Ele grunhirá muito e os vizinhos dirão: hoje as monjas vão quebrar o longo jejum.

Tendo parado de grunhir, é certo que o porco morreu, pois trata-se de bicho que se queixa até o último suspiro. Mas morria assistido por monjas piedosas e sua alma seria bem encomendada, caso a tivesse.

Uma vez tornado cadáver, condição *sine qua non* para partir em direção a nossos estômagos, derrama-se água quente sobre todo o corpo do porco. Em seguida, com facas bem afiadas, depila-se todo o bicho. Uma das monjas, de preferência a que matou o animal, retira uma parte do toucinho e frita até tornar-se torresmo. Põe um pouco de sal e pimenta, espreme um limãozinho em cima e serve como aperitivo enquanto dão continuidade aos outros cuidados para concluir a tarefa de limpá-lo, esquartejá-lo, salgá-lo e cozinhá-lo para que seja armazenado dentro da própria banha já derretida.

PARTE III

OS FILHOS DOS HOMENS

"Que modo tão sutil a *Natureza,*/para fugir ao mundo e seus *enganos,*/permite que se esconda, em tenros *anos,*/debaixo de um burel tanta beleza."

(Luís Vaz de Camões, Soneto dedicado a uma jovem monja, por quem se apaixonou, que escondia boas partes de sua beleza sob o hábito.)

1

LEMBRANÇAS, POR QUE VOCÊS NÃO FOGEM DE MIM?

> "Que importa do nauta o berço,
> Donde é filho, qual seu lar?
> Ama a cadência do verso
> Que lhe ensina o velho mar!"
>
> Castro Alves, *O Navio Negreiro*

Não sei precisar quanto tempo duraram as leituras do manuscrito do morto. Há alguns anos encontrei Vílson e lhe perguntei sobre os originais que ele nos lera. Foi quando me disse que não se recordava de nada.

Avivei-lhe a memória, dando detalhes daqueles dias em que fora encarregado de arrumar as coisas deixadas por Padre Divino. "Sim", me disse, "havia uns escritos, mas eram poesias, não eram?".

"Confesso-lhe que não me lembro direito. Além do mais, depois que fui expulso, tratei de esquecer tudo o que lá se passou. Recomendações da psicóloga no longo tratamento a que me submeti para exorcizar meus demônios. Por que você recorda tanto?", me perguntou. "Porque, como você sabe, tenho memória patológica, para mim é muito difícil esquecer qualquer coisa." "Ah, tá!", ele me falou. "Você se casou?" "Casei. E você?" "Eu não. Você casou com uma mulher que o ama?" "Acho que sim, mas como é que a gente sabe que casou com uma mulher que nos ama?" "A mulher que ama seu marido é um vulcão na cama, faz comidas saborosas para ele, trata o amado com delicadeza e dele tudo perdoa." "Até as traições?" "Trair é um verbo muito forte. Ninguém trai ninguém numa relação amorosa. Às vezes nos sentimos tristes e desesperados, nossa alma ameaça deixar o corpo e no fundo sabemos que precisamos muito das mulheres. Ou melhor, da mulher, pois se trata da essência. Então, procuramos a essência em outras, como quem abre outro frasco com o mesmo perfume." "E se nossas mulheres fizerem o mesmo?" "Ora, mas fazem. Para elas, porém, nós somos dispensáveis. Elas poderiam amar do mesmo modo outra mulher, um filho, um bichinho de estimação. Mulher tem relação complicada com o poder. Ao se entregarem à hora do amor, dão-nos a impressão de que fomos apenas coadjuvantes no seu gozo. Elas obteriam aqueles prazeres de qualquer modo." "Foi por isso que você não casou, Vílson?" "Eu casei, isto é, fui viver com uma pessoa. Parecia tudo tranquilo. Eu voltava do trabalho, a casa toda arrumadinha, comida posta à mesa, muito carinhosa aquela morena. Mas eu descobri um sério problema. Ela adorava que eu tocasse nela. E você sabe que eu sempre tive dificuldade em tocar em quem quer que fosse. Não por orgulho, bem entendido. Mas por timidez. Eu adorava o padre que deixou aquele manuscrito. Só não gostava do modo como ele tocava no corpo da gente. Para pedir as coisas, você lembra, ele tomava a gente pela mão, pelo braço, pela cintura. Sei que todos gostavam disso, mas eu não." "E o que é que teve isso a ver com o seu 'amaridamento'?" "Comecei a achar aquela ordem tranquila demais. Na cama, eu me limitava ao sexo puro e simples. O outro, pois há sempre o outro, vinha durante as tardes e lhe dava o que eu lhe negava. Ela me jurou que não tinha nada com ele, que iam para a cama como dois irmãozinhos. Você sabe como dois irmãozinhos vão para a cama?" "Sei" "Pois é. Tivemos uma conversa áspera, marcada por gritos e lágrimas. Houve até alguns empurrões. Eu nunca mais a vi." "Então, você é solteiro?" "Eu estou solteiro; e você, mesmo sendo casado, será sempre mais solteiro do que eu. O bom de termos partilhado tantos anos juntos é que nos conhecemos. A única paixão, a paixão mais verdadeira do mundo é a do conhecimento. Por isso, diz a Bíblia: *e Adão conheceu Eva, sua mulher.*" "A Bíblia é machista", eu disse, "caso fosse escrito por uma mulher e não por Moisés, o Gênesis teria outro ponto de vista. Já pensou se a mulher de Putifar escrevesse o incidente com José?" "Você sabe ou não sabe de mim? Devo explicitar?" "Eu sempre soube", eu disse, "e talvez hoje entenda melhor as razões de você ter esquecido tão rapidamente o manuscrito que aquele padre deixou: você não suportou os êxtases, os gozos de Santa Teresa." "Êxtases? Gozos? Lembro vagamente. Aquele padre, como era mesmo o nome dele?" "Divino", eu disse, "para mim é inesquecível." "Bom, nenhum mérito ele tem nessa lembrança, já que você não se esquece de nada." "De algumas pessoas lembro mais."

"Pois é. Mas padre Divino estava enganado sobre Teresa. Aqueles arrebatamentos, você sabia que ela os tinha nua?" "Não." "Nuinha em pelo. Tinha tido vários namorados. Sentiu o gosto dos homens algum tempo depois de enclausurada. Como um vampiro em jejum, sentiu o antigo gosto de sangue e teve sede outra vez. Sabe o que fez?"

"O quê, Vílson?" "Procurou o melhor homem de sua vida, que era Jesus, também o que mais precisava dela, pois estava todo ensangüentado na cruz, e mulher adora cuidar de homem que sofre ou que se apresenta a ela como quem está sofrendo. Este, aliás, é o segredo do sucesso dos cafajestes. Achegam-se à mulher que desejam proclamando suas desgraças, os terríveis sofrimentos dos últimos tempos, já que têm memória curta e somente recordam dos mais recentes. Se falam espanhol, como era o caso, tudo fica mais dramático, pois tudo é mais dramático em espanhol. Vide as touradas, o melhor emblema da Espanha. O caráter espanhol só pode ser decifrado verdadeiramente numa arena. E custa crer, mas o verdadeiro espanhol ama o touro. Por isso quer matá-lo. Quando o toureiro enterra aquela espada fininha no dorso do animal, quem a maneja é ele, o indivíduo, mas quem a enterra até o cabo são todos os espanhóis juntos, o touro estrebucha por obra de uma coletividade e em sua honra."

"Mas que isso tem a ver com Santa Teresa, Vílson? Você enlouqueceu, talvez?" "Enlouquecido, eu? Rapaz, Teresa, além do mais, fumava e mascava ervas. Eram as ervas que a levavam àqueles arrebatamentos. Sabe quem eram suas colegas? Moças, mulheres. Sem exagerar, muitos conventos eram luxuosos bordéis de nobres. Talvez você ache a palavra bordel um pouco forte. Mas os bordéis de antigamente eram casas virtuosas. Ali eram preservadas muitas virtudes. Como o Japão das gueixas, um dos poucos países do mundo a entender que o sexo é sagrado. Pois a Espanha um dia foi assim. País católico. Reis católicos. Navegações para comercializar com o mundo inteiro. A invencível armada e muito mais. Os touros. E a força do sexo. Naqueles séculos de ouro, os espanhóis souberam como poucos outros povos disciplinar o desejo. Preservadas e sustentadas, as monjas foram as outras. Não houve escândalo. Como todo amor ilegítimo e bem-feito, tudo ficou oculto, discreto, sem ninguém saber de nada."

"Vílson, você está misturando as coisas. Teresa teve namorados, mas morreu virgem. Houve calúnias, é claro. Disseram que ela teve um caso com o padre Gracián. Ele foi interrogado pelo Santo Ofício para que admitisse. Queriam evitar a canonização de Teresa, pois havia passado muito pouco tempo. Ele jamais admitiu que tivesse tido qualquer contato carnal com Teresa."

"Sim, sim, eu sei", disse Vílson. "Jamais admitiu. Ninguém jamais deve admitir. E ele fez muito bem em negar. Agora, acreditar, acredita quem quer. Você acredita, eu não. Outros acham que a questão não é relevante." "Vílson, ela é a primeira doutora da Igreja." "É mesmo? Disso eu não sabia!" "O papa Paulo VI declarou-a doutora da Igreja. Depois foi à Espanha, visitou o convento de Encarnación, nos arredores de Ávila, e deixou todos lá muito felizes. Aliás, toda a cristandade ficou muito feliz. Sobretudo as mulheres. Afinal, reconheceram sabedoria numa mulher, coisa raríssima." "É verdade. Sabedoria numa mulher é coisa raríssima." "Vílson! Você entendeu muito bem o que eu quis dizer. Raríssimo é um homem reconhecer a sabedoria das mulheres."

"Pesquise mais, pesquise mais. Vá às fontes." "É o que mais tenho feito nesses anos. Você sabia que Teresa morreu de hemorragia uterina?" "É mesmo? Que sintomático!" "Vílson, pare de bobagens. A vida dessa Santa é cheia de mistérios. Quando ela morreu, aquelas que a assistiam começaram a ver luzes e a sentir o perfume que as rosas começaram a exalar no ambiente. Era o dia 4 de outubro de 1582, nove horas da noite. Naquele dia o papa Gregório XIII tinha mudado o calendário, adiantando onze dias para adequar o ano religioso ao ano solar. Daí dizer-se que ela morreu no dia 4 e foi enterrada no dia seguinte, 16. Mas ela foi enterrada às pressas, tão logo morreu. Na verdade, não foi enterrada, mas escondida sob um monte de terra, cal e pedra. Temiam que seu corpo fosse roubado. Eu vi seu coração quando estive em Alba de Tormes. E também seu braço e sua mão, que estavam conservados e postos como relíquias à admiração de peregrino e turistas." "Deixa essa Teresa pra lá. Você está apaixonado por ela? Me diga, você tem sabido dos outros? Tem encontrado mais algum de nossos antigos colegas?"

Passamos a comentar os desligamentos, relembrando os tempos que seguiram quando os meninos foram dispersados em curiosa diáspora. Alguns foram expulsos, à semelhança de Semprebom, o Belzebu. Outros desistiram ao longo do caminho. Para que fôssemos padres, era exigida uma preparação que durava catorze anos, de tal modo que um menino entrava para o seminário aos dez e somente era ordenado padre aos vinte e cinco anos. Dos 263 meninos que juntos iniciaram aquela caminhada, apenas quinze tornaram-se padres, cinco dos quais apostataram alguns anos depois.

Loyola e André são vigários em pequenas cidades do sul do Brasil. Tomás deixou a ordem dos seculares, passou-se para os franciscanos e, a última vez que soube dele, estava numa missão entre os índios da Amazônia. Vílson trabalha atualmente numa editora e continua sendo admirado por sua grande cultura e seu delicado modo de evitar as mulheres.

Um dia desses, estando numa festa, despertou o interesse de uma moça que desconhecia seus gostos. Não querendo ser grosseiro e estando diante de menina que sabia muito o que queria, obrigou-se, contra a sua vontade, ele que é um homem cheio de sutilezas, a explicar à pretendente, que já estava, para seu desconforto, tentando abraçá-lo com propósitos libidinosos: "Querida, nós dois estamos interessados nas mesmas coisas.".

Desconcertada, a menina petrificou-se por alguns instantes diante dele e, pedra não sendo, tomou o rumo da copa onde foi comentar com as amigas o "não" que levara. "Ah, querida! Só você, que não é de São Paulo, ignora isso! O Vílson não gosta de mulher!" "Mas por quê?", insistiu a rejeitada. "Ah, meu amor! O sexo é cheio de mistérios. E eu que não gosto de homens!"

Ainda mais perplexa, a moça resolveu deixar a festa. Nunca tinha sido rejeitada por homem algum no Sul, onde vivera até então, e não pôde suportar as duas surpresas numa mesma noite. Achava que conhecia uma pessoa ao primeiro olhar e, antes que o galo cantasse aquela noite, enganara-se com duas delas. Achou melhor ir dormir. Quando estava deixando a casa, uma amiga a chamou e, apontando para mim, disse-lhe: "Fique mais um pouquinho! Você conhece esta figura? É uma espécie rara e creio que, pelo visto, logo estará em extinção. Trata-se de um homem lésbico, dominante entre nossos pais e avós, mas agora em franco declínio.". Porém uma amiga emendou: "Talvez nossos maiores escondessem melhor suas preferências e não as proclamassem por aí".

Padre Loyola é constantemente transferido, mas para onde quer que vá, logo arruma um menino com quem passa a viver em enlevos amorosos, fazendo do menino, a mulher que lhe proibiram ter. Os gêmeos Deodoro e Floriano tornaram-se cônegos e creio que estão por se tornar cardeais. Quem sabe um deles venha a ser, um dia, o primeiro papa brasileiro. Ou, talvez, gêmeos sendo, poderiam ficar pontífices os dois, pois já não são poucos os filósofos deste fim de milênio que nos asseguram estar por um fio a unidade do sujeito.

Conhecida professora italiana que ensina literatura brasileira organiza jantares em sua casa, onde costumam estar presentes cardeais poderosos da Santa Sé, com o fim de persuadi-los a deflagrar estratégias que levem à eleição de um papa brasileiro. Costumam argumentar que o Brasil é a maior nação católica do mundo, não tem um único santo e tem este crédito com o Vaticano, que já está mais do que na hora de ser resgatado. Além do mais, repete sempre a professora, o Brasil é o tempero do mundo, com sua alegria, seu jeito de suportar desgraças, seu modo de driblar as dificuldades da vida, infelizmente só conhecidos no futebol. "Garrincha deveria ser o padroeiro do Brasil!" repete sempre com um copo de vinho à mão. E pergunta a algum dignitário da Igreja, em cujas orelhas julga encontrar terreno propício à semeadura: "O senhor já viu o Garrincha jogar? Ele é melhor do que Pelé, e teve espírito cristão. Aos que bateram em sua perna esquerda, ofereceu a direita. Por isso, e só por isso, morreu triste e esquecido aquele que tanto alegrou o mundo inteiro."

Talvez a professora consiga que um dos gêmeos se torne papa, o que evitaria o prejuízo do sósia. Em silenciosa contrição, em todos os conventos do mundo, todos, quando meditam, têm dúvidas de que quem cassou frei Leonardo Boff possa ter sido João Paulo II, o papa titular. Deve ter sido ato de um sósia que o papa não pôde mais cancelar, dado o terrível entrave do dogma da infalibilidade, ainda mais difícil de compreender do que a Santíssima Trindade, a Ressurreição de Jesus e a Virgindade de Maria, segundo o qual o papa, quando fala *ex cathedra*, não erra.

Nos anos 90, o manuscrito deixado inédito por padre Divino foi adaptado para teatro por um dos colegas de Vílson, que, entretanto, querendo fixar melhor certos temas, viajou a Ávila, a cidade onde Teresa nasceu, e lá passou algumas temporadas. A peça teve apenas três atores e estreou em São Paulo.

Uma atriz chamada Remédios da Graça, usando o pseudônimo de Ângela Sassine, fez o papel de Teresa. De lindos olhos azuis e cabelos negros, a nova Teresa era uma apaixonada por seu ofício e foi ela quem me pediu que arrumasse um jeito de fazer chegar às suas mãos o misterioso texto, um presente de Vílson ao final de suas leituras. Notando que de todos os que o ouviam, eu era sempre o mais atento, ao ler a última linha, entregou-me os originais, dizendo: "São seus." "Vê se esconde direito", me disse André. Sempre tive bons cuidados com os livros e teria ainda maiores com aquele que não tinha sido ainda publicado. O que senti ao receber aquelas páginas foi uma espécie de gravidez. Deveria cuidar daquele menino-livro até que chegasse o tempo de ele vir à luz.

Passados tantos anos, quando o menino, ainda que teimando em sobreviver dentro de mim, ia aos poucos cedendo seu viço e frescor externos, senti uma espécie de perda, de pós-parto, quando entreguei o texto a Remédios da Graça. Entretanto, achei por bem ocultar-lhe algumas coisas, para não desanimá-la.

Em sua edição de 12 de outubro de 1996, o jornal *El Diário de Ávila*, à p. 9, reproduzia anúncio do filme *Teresa de Jesus*, em que o papel-título era vivido pela atriz espanhola Aurora Batista. No mesmo jornal, fiquei sabendo que, em série da televisão espanhola sobre a santa, o papel fora vivido por Concha Velasco. Disse a Remédios que havia qualquer coisa misteriosa rondando filmes e peças sobre Teresa. Nenhuma das produções tinha alcançado êxito. Mas não podia recusar-lhe nada, dada a doçura com que pedia e cheguei a acompanhar alguns ensaios.

O papel de João da Cruz foi vivido no teatro por Cacá Amaral, pseudônimo de Matosinho Sarmiento, talvez um parente distante do velho padre Matosinho de que fala o texto de padre Divino. Ele soube como poucos vestir-se de João, temperando a santidade do santo com humor e verve leves. O terceiro personagem, o Inquisidor, coube a Petrônio Gontijo, entidade que assim se chamava na mais recente de suas sucessivas reencarnações de Horácio Rodríguez y Rodríguez, cumprindo um carma também onomástico, já que volta sempre com dois sobrenomes iguais. A esse tempo desdobrava-se entre a peça em São Paulo, e uma telenovela no Rio de Janeiro. Embarcava no aeroporto Santos Dumont, no Rio, ao entardecer, e desembarcava no de Congonhas, em São Paulo, já no começo da noite. Dali dirigia-se ao teatro, chegando sempre em cima da hora. Mas jamais comprometeu o espetáculo.

O diretor foi Maurício Maldonado de Nassau, que, entretanto, assinou-se José Nelson de Freitas, mas todos sabemos que a unidade do sujeito chegou, não apenas partida, mas multifacetada ao final do segundo milênio, já que cada um de nós é uma verdadeira corporação. Maldonado era muito amigo do produtor, um certo Flávio Silveira, que também utilizou outro nome, o de Rubens de Brito. Como é de praxe ocorrer com os diretores, Maldonado mexeu um pouco no texto, adaptando-o, mais que às suas ideias, ao orçamento. Mas deu destaque especial ao tema da suspeita sobre o sangue impuro de Teresa, cujos antepassados tinham sido judeus. Flávio Silveira entusiasmou-se tanto pela peça que promoveu exibições avulsas em várias cidades do sul do Brasil, como Pelotas, Florianópolis e Criciúma.

A peça foi um fracasso em quase todos os lugares onde estreou. Toda a equipe só precisava de divulgação, mais nada. Que as pessoas puras soubessem onde estava sendo apresentada, pois vivíamos um tempo em que quase não havia mais gente no mundo, apenas hortaliças diante da televisão. E o teatro, arte da palavra e do corpo, obra para poucos, não poderia ser ocultado como vinha sendo. Forças estranhas procediam a apagamentos diversos também em outras áreas. Assim, enquanto meios de comunicação social, com raríssimas exceções, falavam apenas de medíocres em pintura, música, cinema, literatura, quem realmente quisesse descobrir alguma coisa boa deveria procurá-la por outros caminhos. Nunca se avaliou devidamente, porém, uma causa comum a tantos apagamentos: a incompetência dos que deveriam tratar da arte no mercado. Por isso, talvez se possa dizer que um Michelangelo hoje em dia seria muito difícil, não pelo espírito, que sopra onde quer, mas pela falta de pessoas que tenham discernimento e saibam a quem apoiar.

2

O PERFUME DE TODAS AS MULHERES

> "Vestiste de brancas nuvens e de sol azul/ foste musa dos deuses;/de Baco, foste a primeira dama./Alegraste corações, criaste profundezas./Nos teus seios, pousou a mais bela borboleta/porque os tornaste esplendorosos como uma Rosa./Rosa que cheira/Rosa que atenta;/Rosa que ama./Sois toda pura,/ó formosa e bela mulher."
>
> "À mulher", poema de frei Tito de Alencar Lima, publicado em *Batismo de Sangue*, de frei Betto.

Minhas amigas sabem que amo Teresa. Talvez por isso queiram saber de Teresa. Deus já me deu quase cinquenta anos e não me poupou da atração que sinto pelas mulheres que amo. Sou um homem casado e amo verdadeiramente minha mulher. As outras me procuram? Sou eu quem as busca? Vílson diria que toda procura é mútua. Para que haja quem foi achado, houve antes quem procurou. Mas até hoje fui para a cama com poucas mulheres, apesar de amar verdadeiramente a muitas delas. Aquelas que amei, amo ou haverei de amar foram, são, serão para mim inesquecíveis.

Açucena, por exemplo. Um dia desses, depois de brigar com os dois namorados, me procurou. "Preciso conversar com você", ela me disse. "Vamos à casa dos espelhos?" "À casa dos espelhos? Onde?" "Lá naquele lugar onde um fala, o outro ouve, os dois se entendem, sabe por quê?" "Não. Isto é, mais ou menos." "Por que as falas de cada um espelham o Outro."

Penso que já estava enlouquecendo. De vez em quando enlouquecia, desenlouquecia e voltava a me procurar. Quando enlouquecia, me abandonava. Comecei a chamá-la de Teresa-Pêndulo. "Pêndulo, por quê?" me pergunta. "Suas fases. Às vezes, você só quer saber de quem você ama. Outras vezes, de mim." "Mas eu amo você, amorzinho", ela me diz sussurrando. Ela é esperta e sabe como conduzir um homem, apesar da pouca idade. Está ao redor dos trinta anos, aquela estação cheia de frescor em que mulher nenhuma é feia. Quase. Quase nenhuma. Seu nome é Açucena, Açucena que um dia foi minha e que a cidade ia comer, parafraseando o professor.

Tomamos seu carro e nos dirigimos aonde ela quer ir, a hora que quer, fazer o que quer, do modo que quer. Ela gosta de mandar em mim, pois tem uma relação complicada com os poderes que tem.

Mulher que exerce atração, exerce poder, aquela frase batida, mas uma verdade eterna. Já houve outras em minha meia-vida. Não me refiro a cronologias, mas a tempo vivido. Todos os dias tenho a sensação de que vivo a vida pela metade.

Aqui em Santo Carlos é raro o dia em que não sinto isso. É uma cidade sem mar. Os clubes são fechados. Ali você somente encontra quem não ama, quem não quer, os pequeno-burgueses tomando sol, depois de passarem pela portaria e pedirem especial exceção para entrarem, pois estão com as mensalidades atrasadas.

Não deixam, porém, de chegar em belos carros, alguns deles importados. Em casa, a geladeira está vazia. E adega eles não sabem o que é. Não têm capacidade de discernir um vinho vulgar de um Dão Cardeal. Faísca, eles pensam que é coisa de eletricidade. Barolo, o apelido de alguém. "Vamos tomar uma viúva Clicquot?", perguntei, mais convidando do que interrogando um amigo que acabara de publicar um livro. Alguém por perto comentou: "Viúva? Vão tomar uma viúva? Essa não entendi.". O champanhe que eles mais conhecem é feito de maçã. Coisa horrorosa!

Açucena não sabe certos gostos da vida, ignora as diferenças entre vinhos, não dá a mínima atenção a pratos refinados, mas é diferente deles todos. O pai paga algumas coisas para ela, mas a moça tudo faz para atenuar isso. Não porque ele não tenha, mas porque ela quer se libertar do pesado jugo do pai. O pai é leve, mas a mãe é pesada e, sempre que pode, joga na cara da filha as despesas que ela lhes dá. Mulheres são quase sempre inimigas. Principalmente mães e filhas. Açucena nessas horas engole tudo, brotam-lhe dos olhos lágrimas bem diferentes daquelas que lhe deslizam suaves pelo rosto quando diz que sou o homem mais querido de sua vida e que ela deve se afastar de mim ou eu dela, o que dá no mesmo.

Ela se afasta um tempo. Um dia sente um gosto amargo na boca, um rio no lugar do coração, como todas as moças em horas de abandono, e sai à cata de mim pela cidade. Ela sabe onde me encontrar. Se não estou na catedral, estou no Café Dona Júlia. Às vezes, na Livraria Machado de Assis, que homenageia o maior escritor que o Brasil teve em todos os tempos. Outras, na Livraria Dom Quixote, que homenageia o maior escritor que a Espanha teve em todos os tempos. Há muitas coincidências entre o Brasil e a Espanha, entre Teresa e quem escreve esta história de amor em que ela é personagem.

Os que me conhecem vão dizer que este que escreve sou eu. Preciso lhes lembrar as palavras de São Paulo apóstolo: "não sou eu que vivo; é outro que vive em mim". Em São Paulo era Jesus Cristo. Em mim deve ser um dos 44.435.556 demônios que existem. Esse número não é inventado. Foi calculado pelos mais rigorosos demonologistas, segundo nos lembrou numa de suas conferências literárias o escritor Olavo Bilac. Eles chegaram a esse cálculo multiplicando as 6666 legiões pelo número de demônios de que cada uma é composta. Por isso, não sou eu que escrevo; é outro que escreve em mim. O nome dele pode ser Legião.

Açucena chega e tira a roupa bem depressa. Ela está sempre com pressa. Precisa enganar o namorado, enganar o outro com quem está saindo, enganar a família, enganar as amigas, a vida dela é um engano só. Ah, sim! Preciso lembrar que ela precisa enganar a mim também. Tem pressa para tudo. Quando chega perto de mim, já está toda molhadinha.

Um dia me disse que queria ter uma filha comigo. Eu também. "Você também? Ah, diz de novo, amorzinho." "Eu também gostaria de ter uma filha comigo", eu digo. E é a mais pura verdade, mas ela pensa que é brincadeira, pois minha frase tem outro sentido, e assim nós vamos vivendo de amor, como diz a música. Talvez sejam metáforas do fim.

Vamos perdendo tudo aos poucos. Os filhos nos abandonam, são aves que deixam o ninho dos pais, logo estão fazendo suas próprias moradas, e, enfim, filhos ou filhas, nenhum deles gostaria de ficar conosco.

Outros dias, estando com ela, penso nos versos de Carlos Drummond de Andrade: "O filho que não fiz faz-se por si mesmo.".

Adoro Açucena e seus enganos. No fundo, ela é mais verdadeira do que eu, mente menos, omite mais e jamais faria alguma coisa que me prejudicasse. Tem a doçura na alma. Mas é uma flor do pântano. Todos os dias escorrem sobre ela as lavas dos vulcões que explodem em sua família. Ela resiste porque é forte. Há uma delicadeza em seu olhar.

Nesse dia, me fez contar a vida de Teresa. "Só os piores momentos", ela disse. "Piores momentos?" "É. Me mostre as situações em que Teresa mais sofreu."

Tomei um livro ilustrado, as novas gerações têm uma grande atração pelo visual. A letra pura lhes faz mal. Ela não é universitária e prefere trabalhar como enfermeira. Na verdade, o único doente de que trata sou eu mesmo. Os outros homens de sua vida são inteiramente sãos. Eles são simples, um quer casar-se com ela, o outro quer apenas comê-la. O outro às vezes se manifesta com outros nomes. Mas não se pode dizer que Açucena seja uma galinha. Todos têm muito medo dela. Eles temem porque ela é mulher difícil de governar. Por quê? Por aquilo que Teresa dizia: "Nós, mulheres, somos gente difícil de governar; a mulher apaixonada é pior do que uma fera.".

Açucena não é uma leoa. Nem uma gata. Tampouco uma cachorra. Açucena é mulher. Este é o maior susto que ela prega nos homens que dela se aproximam. Talvez um dia lhe diga isso, não para elogiá-la, mas para que se orgulhe, como sempre, de eu ser o único que a vê por inteiro, por dentro, utilizando as janelas de suas falas, pequenos gestos e pedaços emendados de alguns olhares.

Lá fomos nós dois driblando tudo. Ela gosta de fazer amor no campo. Foi para lá que fomos, além da pequena estação ferroviária abandonada, entre as árvores. Antes, paramos no motel para trepar. Sim, porque amor a gente só faz quando conversa, se olha, se toca, comenta um entardecer. No motel, a urgência do tesão impede tudo isso. E depois do gozo, quando eu abro o bico e falo como uma maritaca, está na hora de ela ir embora.

Mas nesse dia fomos ao motel ler esse livro. Cheguei a pensar num flagrante. Me armam um encontro desses. Invadem o apartamento. O que veem? Açucena e eu lendo um livro sobre Santa Teresa d'Ávila.

Quando eu tinha aí pelos vinte anos, fui preso no alto de um morro, em companhia de uma senhora casada. Estávamos lá nos amassando dentro de um fusquinha, a polícia chegou, acendeu as luzes fortíssimas que tudo devassavam pelos vidros e nos prenderam. Naquela noite tinham fugido dezenas de presos da cadeia. Toda pequena cidade de antigamente tinha uma cadeia, uma igreja, as Casas Pernambucanas e um bordel. Eu não frequentava bordéis. Naquela ocasião, fui salvo pela delicadeza do comandante. Ele se comoveu com meu único pedido: eu queria que a mulher fosse conduzida encapuzada no camburão.

Lá seguimos nós, acompanhados de vários policiais, a mulher completamente pelada, se é que está pelada quem veste apenas um capuz, eu ao lado, as roupas na mão de um policial que dizia: "Vocês se vestem na delegacia.". Nem olhavam para mim, apenas para a mulher.

Quando chegamos, o comandante da operação nos levou para uma salinha, fechou a porta e janelas e mandou que nos vestíssemos, ficando de costas. Depois me disse: "O seu carro está aí na frente. Você sai daqui com ela, leva-a para casa, eu não quero saber onde é que ela mora, quem é ela, mas preciso mostrar aos comandados quem é que manda aqui, estou sendo compreendido?". "Sim, senhor", eu disse. "Compreender é diferente de entender", ele falou. "Você vai, leva a mulher e volta aqui."

Saímos, no pátio começaram a rir do comandante. "Ele acha que ele volta." Levei a mulher para casa, ela tirou o capuz e estava com o rosto alegre, vermelho, lindíssimo. Nunca vira aquela mulher tão contente em minha vida. Devia ter sido a aventura.

Voltei à delegacia. O comandante – ele abominava a palavra delegado – estava me esperando. Fui interrogado, função que eles chamam de *prestar depoimento*, e fiquei sabendo que um dia poderia ir jogar xadrez com o comandante. Fui. Ele me recebeu numa casa de madeira. Lá morava uma moça, a sua amante. Ele me apresentou a ela dizendo: "Este é o rapaz de que falei a você. Eu sei quem é de confiança pelo olho. Olho nos olhos e tomo a decisão.". Jamais esqueci o incidente e aquele homem que conhecia os outros pelo olhar.

Voltemos aos dias que passam. Mostrei a Açucena a primeira figura do livro. "Esta é a Torre del Oro. Foi construída pelos mouros em 1120.

Fica às margens do rio Guadalquivir, em Sevilha." "Onde é Sevilha?", ela me perguntou. Açucena é péssima em geografia e se algumas coisas observa bem, outras nem nota. "Açucena, onde viveu Teresa d'Ávila?" "Em Ávila, claro." Achei a resposta inteligente, ainda mais que Açucena era enfermeira e o que tinha de saber era aplicar corretamente as injeções, tratar dos ferimentos dos que sofrem e, enfim, dominar os saberes de seu ofício, entre os quais não estava o de saber onde fica esta ou aquela cidade. "Aqui, os navegadores, quando voltavam de suas viagens à América, depositavam o ouro roubado dos índios. Essa torre é um símbolo do século de ouro, que foi o século em que Teresa viveu. Tudo ia bem na Espanha. A economia, a política, a religião, a cultura."

Açucena me perguntou se podia pedir aquela bebida do outro dia. Eu disse que a bebida do outro dia, eu é quem tinha trazido. Ali só havia sucos, refrigerantes e bebidas falsificadas. "Eu queria tanto beber alguma coisa!", ela falou, como sempre, lânguida. Soltei o livro, tomei a chave da porta – ela sempre traz a chave para perto da cabeceira – e fui ao carro. Voltei com uma garrafa de vinho Marquês de Riscal que eu trouxera no porta-malas. "Peça o saca-rolha e os copos", eu disse. "Peça você", ela falou. Ergui o fone, disquei um número e pedi saca-rolha e dois copos de vinho. Quem atendeu, com voz de quem me odiava por estar trabalhando para que outros se divertissem, perguntou: "Qual vinho, senhor? O senhor já escolheu no cardápio?". São instruídos para chamar-nos sempre de senhor, para infundir cerimônia. No fundo, todos eles acham que quem vai ao motel é um canalha, ao contrário deles que não podem ir. Como se a pobreza e a insuficiência de meios fossem virtudes. "Eu só quero os copos e um saca-rolha", eu disse. "Perfeitamente. Entendi", ela disse.

Enquanto o vinho não vinha, fui mostrando outras figuras. "Ávila já pertenceu a Portugal, quando o nome do país era Lusitânia." Açucena nem ligou. Mostrei as muralhas que cercam a cidade. "Quanta pedra!", ela falou. "Este aqui é um convento. Foi construído no mesmo lugar onde antes havia a casa em que nasceu Teresa." Açucena quieta. "A igreja chama-se *La Santa*. Seu altar foi construído por Gregório Fernandez, que nasceu alguns anos antes de Teresa morrer. Nesse altar tem um quadro que mostra a cena em que Teresa recebe das mãos de São José e Nossa Senhora um manto branco e um colar de pérolas." Açucena se interessou: "Pérolas verdadeiras?". "Mais verdadeiras, impossível. Vieram diretamente do céu." "E onde estão agora? Estão lá junto com as outras relíquias?"

Larguei outra vez o livro e olhei bem para Açucena. Me lembrei de um filme de Luis Buñuel. Outra vez os espanhóis na minha vida. Um sujeito conta que sonhou que lhe entregaram uma carta. Tira do bolso a carta e mostra ao espantado interlocutor: "Eu trouxe a carta.". Posso mentir para Açucena. Ou falar a verdade.

A verdade às vezes é menos interessante. Por isso opto por mentir, o outro nome de inventar. "Sim, Açuceninha, as pérolas e o manto estão guardados lá em Ávila. Uma noite, depois de comer um saboroso cordeiro, beber um vinho delicioso e conversar com muita alegria com meus três melhores amigos, o escritor, a pintora e o filho deles, visitei o museu em que estão todas as relíquias de Santa Teresa e vi as pérolas e o manto branco." "Onde ficava o museu? Perto do restaurante?" "Não, perto do hotel Palácio de Valderrábanos, onde eu estava hospedado." "Ah, sim. Você me falou desse hotel. Não é um que tem um restaurante no porão, chamado...?"

A memória não é o forte de Açucena, mas ela guarda lembranças de coisas que lhe dizem respeito. Como é gulosa e adora uma boa comida, queria lembrar-se do nome do restaurante. "Fogão de Santa Teresa", eu disse. "Isso mesmo. Recebeu este nome porque a santa cozinhava lá, não é mesmo?" "Claro, claro", eu disse. Melhor concordar com algumas conclusões de Açucena do que concordar com a História. "E o manto, quanto anos tem?" "Não se sabe. Veio do céu no dia 15 de agosto de 1561." Faço umas contas e concluo que Teresa devia estar na menopausa por essa época, quando as mulheres têm de tudo, inclusive visões.

"Eu pergunto", disse Açucena, "porque deu na televisão a cabo que o sudário de Jesus é verdadeiro. E na tevê normal deu que é falso. Fiquei sem saber em quem acreditar." "Você deve preferir a televisão a cabo. Mente menos." "Eu moro em Água Fria. Lá ainda não chegou a televisão a cabo." Tomou mais um gole de vinho e perguntou: "De que signo era Teresa?"

Soltei o livro e peguei o telefone que estava à cabeceira. "Não, não, não", me disse Açucena, "O que é que o motel vai pensar de nós? Você liga para a portaria e pergunta qual o signo de Santa Teresa d'Ávila? Eles vão pensar que nós enlouquecemos. Já pedimos copo sem vinho!"

Eles, para Açucena, são todos aqueles que não são nós. E quase sempre estão contra nós. "Eu vou apenas pedir um jornal", eu disse. "Você acha que algum jornal vai informar de que signo era Santa Teresa d'Ávila?", ela me perguntou, seus olhos claros bem arregalados. E desligou o telefone. "É que eu sei o dia em que ela nasceu.", eu disse, "Dia 28 de março de 1515." "Então, não precisa pedir mais o jornal. Quem nasce no dia 28 de março não é de Peixes. É do signo que vem em seguida. Qual é mesmo o signo que vem depois de Peixes?"

E Açucena mostrou-se muito preocupada com essa questão. Ela não perdia uma sessão do horóscopo. Certa noite, no hospital, foi agarrada por um médico que estava de plantão. O doutor apenas abrira a braguilha enquanto comia Açucena por trás, levantara a saia do uniforme branco e abaixara as calcinhas dela, a enfermeira viu o jornal aberto justamente na página do horóscopo. Aquele dia ela não tivera tempo de ler seu signo pela manhã, como sempre fazia, porque quando entrou ao hospital estavam chegando os feridos do desastre com um ônibus na via Washington Luís. Açucena tinha intimidades com a morte. O médico vá-e-vá por trás dela e ela lendo: "Capricórnio: valorize o que vem para você, mesmo que seja pequeno. Não tenha pressa. Um dia tudo termina. E quem tem pressa, tem vontade de morrer, pois caminhamos para a morte. O amor ao esporte caracteriza o capricorniano. No tarô o arcano é 43.". A figura mostra uma mulher seminua, com a cabeça baixa e a bunda levantada. "Valorize a sexualidade."

Açucena quase não acreditou, o médico tinha pau pequeno, era meio complexado com isso, mas ela achava melhor assim porque quando dava a bundinha, e ele queria quase todos os dias, não precisava se preocupar. Já do seu namorado não podia dizer o mesmo. Ele era orgulhoso do tamanho do próprio pau e vivia perguntando à moça com o membro nas mãos: "Não é um colosso? É uma das sete maravilhas do mundo, depois das Pirâmides do Egito e do Estádio do Maracanã.". Isso ele aprendera com Açucena, mas não exatamente assim.

Ela fez os cálculos e de repente teve uma luz. "É tudo animal em carreirinha. Capricórnio, Aquário, Peixes. O seguinte começa no dia 21 de março." Soltei o livro, dei uma olhadinha no corpo de Açucena.

Açucena pode não saber nada dos saberes escritos, mas que coxas maravilhosas tem essa moça. Morena, olhos claríssimos, cabelos compridos e crespos. E ao pé do ventre aquela flor negra que a embeleza muito mais. "Vire de bruços, Açucena, quero ver sua bundinha, eu gosto de olhar para a sua bundinha." Obediente, ela se virou distraída. "Me diga, Açuceninha querida, que história é essa de animal em carreirinha? Aquário e Peixe são animais?" "Claro, um aquário está sempre cheio de peixes!" Ainda de bruços ela me fez a revelação: "Teresa era de Áries. Áries é o primeiro signo do zodíaco." "Hoje não é mais", eu disse. "Hoje o primeiro signo do zodíaco é Peixes, mas há cerca de dois mil anos, quando deram nome às constelações, Áries estava em primeiro lugar e por tradição isso foi mantido." Açucena retrucou: "Não complique, não complique.".

Continuei a mostrar as gravuras para Açucena. Ali estava a ponte sobre o rio Adaja, a cela em que Teresa e João tiveram êxtase simultâneos, a figura do Crucificado entregando um cravo da cruz para ela. Nas páginas seguintes mostrei-lhe a reprodução de um quadro de El Greco, intitulado *O sonho do rei Filipe II*, pintado em 1577. No canto direito do painel vê-se o inferno. "Foi Teresa d'Ávila quem descreveu o inferno para El Greco. Dezessete anos antes, quando a santa tinha quarenta e cinco anos, viu o inferno num de seus êxtases. Jesus lhe apareceu, mostrou-lhe o chão da cela, ela viu um túnel muito fundo, cheio de répteis e outros monstros repugnantes que se compraziam em fazer sofrer as almas, sobretudo as dos luteranos."

E por fim mostrei a Açucena o retábulo de Lorenzo Bernini, onde Teresa aparece em êxtase, abandonada diante de um anjo que está com uma flecha numa das mãos, pronto para atravessar-lhe o coração, enquanto com a outra levanta-lhe delicadamente o hábito. "Ela está gozando", disse Açucena. "Esta atitude é de orgasmo. Aliás, acabou de gozar. Olha a mão estendida. Não está pegando nada."

Voltamos. Açucena me faz bem, não posso deixar de admitir. É uma quarta-feira. O mesmo dia da semana em que Teresa nasceu. Não gosto de datas. Açucena também não. Mas sempre lembra que seu pai morreu num domingo. Aquele a quem é obrigada a chamar de pai é, na verdade, apenas o segundo marido de sua mãe. Quando chegam os finais de domingo, uma nuvem negra desce sobre a alma de Açucena e ela começa a ficar triste. Nosso dia preferido é segunda-feira. O principal motivo é que o domingo, enfim, terminou.

Açucena parecia não entender nada do que eu lhe dizia sobre Teresa. Mas depois daquele nosso encontro, resolveu retirar-se, deixou o médico com quem mantinha um caso, abandonou o namorado e entrou para um convento. Professou há algum tempo e adotou o nome de Teresa.

A história não se repete, mas Açucena está escrevendo diários. Com certeza um dia morrerá. Passam-se alguns anos e seus diários serão publicados, se Açucena morrer inédita. Pois nem tudo é publicado. Rolam outros quarenta anos e talvez seja declarada santa, pois muito ama. Então, muitos que jamais a conheceram haverão de se debruçar sobre sua vida à procura de vestígios que ajudem a decifrar os mistérios de sua vida. Pois toda vida é um mistério e a de toda mulher um grande mistério. O mundo receberá uma outra Teresa. Provavelmente com outro nome.

*

Não sei que efeitos teve sobre os outros meninos a leitura do livro que padre Divino deixou inédito. Para mim, tratou-se de influência decisiva e mudou a minha vida. Vílson não tinha ainda terminado a primeira leitura e eu decidira que um dia seria escritor. Talvez pela famosa frase dita pelo padre que mais amávamos quando nos confessava: o que não quiser ou não puder dizer, escreva. O certo é que a maioria tem preferido telefonar.

Talvez eu morra inédito, como Teresa e tantos outros. A escrita é que é para sempre. A gente passa. Somos uma folha que cai, um orvalho que evapora pela manhã, uma nuvem que passa, uma sombra que se alonga ao erguer do Sol, fica bem pequena ao meio-dia e volta a espichar-se ao entardecer até que a noite a dilua nas trevas que lhe são próprias ou a substitua por outras sombras. Um dia, um verme, antes de ser comido por outros vermes, talvez virá remexer nesses papéis. Poderá interessar-se por eles e levá-los a um editor. Espero que haja sempre editores no mundo, pois sem eles não haveria escritores nem leitores e todos ficariam inéditos para sempre, que é um modo que temos de morrer, pois escrever é viver.

Outro dia encontrei Açucena. Tinha deixado o convento. Estava com uma roupa que lhe mostrava o umbigo, onde tudo termina, mas por onde tudo pode começar outra vez. Ao beijá-la, pus a mão em sua cintura. Senti o suave arrepio de sua pele de seda, o viço de toda mulher que cuida dos cetins que tem no pelo. Suas almas são muitas, o nome dela também é Legião, mas corpo Deus deu-lhe apenas aquele. Talvez por ser sua única morada para suas almas neste mundo, Açucena cuide tanto dele.

Estava usando um cabelinho *chanel*. Vestia uma blusinha de alcinhas finas, os seios entremostravam-se sob a seda. Senti seus bons cheiros, o calor das faces, o sabor da boca, os seus abraços. Algumas carícias no pescoço a arrepiaram. Fui descendo as mãos por suas costas e apalpando tudo como um cego. Tomei os gomos de sua bunda com as duas mãos e colei o meu corpo ao dela. Mulher alguma pode sentir o orgulho que nos dá um pau duro esfregando sua bocetinha, ainda que por cima da roupa.

Um dos gestos mais bonitos de Açucena é quando tira o sutiã e a calcinha, esses fetiches de nosso tempo, inventados há pouco mais de cem anos. Como era a mulher sem eles? Teresa não usava calcinha nem sutiã. É como se essas peças fizessem parte de seu corpo, alguns pedaços que retira para não se dar por inteira a cada um de minha corporação, mas aos poucos, pois sabemos que o amor chega sempre aos pedaços. O corpo, este nosso amigo que nunca nos abandona, que nos dá o desejo de viver, as nove partes do prazer, como ensinava Maomé, pois o prazer por inteiro somente o teremos no Paraíso, com a *huri* que couber a cada um de nós. O corpo governado pela alma e não o contrário, assim como viveu Teresa.

Açucena é outra Teresa. A mulher é eterna. Se Santo Agostinho estiver certo – a queda não melhorou nada –, na outra vida vai ser melhor ainda. Na dúvida, porém, procuro viver agora enquanto é tempo, pois já estou começando a desarrumar outra vez meu coração: no céu, vou querer uma *huri* que me queira. Eu quero uma escolha mútua, recuso-me a impor meu desejo a quem quer que seja. Prefiro ser abandonado, por maior que seja a dor, a suportar amores compulsórios.

No fim, minha mais secreta confidência. Não vivo num vale de lágrimas. Acho péssima a metáfora, que me perdoem os santos que a proferiram, sei que ela até integra uma oração, saudando Maria como rainha, mãe de misericórdia, *vita et spes nostra*, como canta Julie Covington. Prefiro a voz de Yvonne Elliman quando canta: *I don't know how to love him/what to do, how to move him/he's a man, he's just a man/and I had so many men before/in very many ways/it's just one more.* (Eu não sei como amá-lo/como fazer, como mexer com ele/

ele é um homem, apenas um homem/e eu tive tantos homens antes/ de tantos modos diferentes/é apenas um a mais.)

Todos os dias encontro bons motivos para ser contente neste campo de alegrias que o Senhor me deu para pastar e viver os amores com as *huris* que me foram destinadas. Mas a *huri* que eu mais amo, essa quero levar comigo para o Paraíso. Sei que ela não é pura, mas Jesus deu-nos preciosa dica ao inaugurar o céu com um ladrão: abomina o pecado, não os pecadores. Estava morrendo quando disse a Dimas: "Hoje mesmo estarás comigo no Paraíso." Era sexta-feira das paixões.

De todas as mulheres que passaram por este mundo, Teresa foi quem mais me ensinou que também o céu nos chega aos pedaços por aqui. Ela conseguiu experimentá-lo tantas vezes. Por isso, um dos trechos de seus livros que mais demoro a entender é que a vida seja apenas uma noite escura, dormida numa pousada desconfortável.

Teresa não vive neste mundo. Por isso, minha melhor companhia é Açucena. Minha outra Teresa. O homem e a mulher é que são eternos. O amor dura menos. Quem vive e não é muito simples vê isso todos os dias. As noites mais escuras, as noites mais tristes do mundo, são aquelas sem amor. O Senhor tem me dado essas noites para que eu possa compreender melhor as outras.

São Carlos, Inverno de 1996.